머물다 가는 우리네 인생길

거미줄에
걸린 반달

거미줄에
걸린 반달

펴 낸 날   2024년 04월 24일

지 은 이   월암 이민식
펴 낸 이   이기성
기획편집   서해주, 윤가영, 이지희
표지디자인 서해주
책임마케팅 강보현, 김성욱
펴 낸 곳   도서출판 생각나눔
출판등록   제 2018-000288호
주   소   경기도 고양시 덕양구 청초로 66, 덕은리버워크 B동 1708호, 1709호
전   화   02-325-5100
팩   스   02-325-5101
홈페이지   www.생각나눔.kr
이 메 일   bookmain@think-book.com

• 책값은 표지 뒷면에 표기되어 있습니다.
  ISBN 979-11-7048-692-3 (03810)

월암 이민식 시집

머물다 가는 우리네 인생길

거미줄에
걸린 반달

생각나눔

목차

거미줄에 걸린 반달

커피와 인생

간밤에 비가 왔다
송홧가루는 혼자 밤새도록
그림을 그리고 놀다가 갔는지
마당에 노란 그림물감만
어지럽게 풀어 놓고
봄비 그치고 아침이 오니
아침 먹으러 가고 없고
아무도 없는 물 고인 땅에
참새 두 마리 뭐라 뭐라 쫑알대더니
맨발로 고인 물속을
미꾸라지라도 잡는지
몇 번 왔다 갔다 하더니
세수를 하는지 부리를 쓱쓱 비벼댄다
빗방울이 아침 운동한다고
전깃줄에 매달려 있고
주말이라 직장 쉬는 비둘기는
오늘은 어디로 바람 쐬러 갈까?
장고 중이고
비 오면 할 일 없는 걸
마당 개도 아는지
산책 한번 해보는 것이 어떠냐고

내 마음을 떠본다

그래 나도 딱히 정한 일 없으니

커피 한 잔 먹어 보고 결정하자 말하고

커피 한 모금 음미해 보면

쌉싸래한 맛이 인생 맛 같다

달달한 인생이란 것은 양념이고

이리 쌉싸래한 것이 진짜지

2023. 4. 29.

도루아미타불

누가 오라고 했나
누가 가라고 했나
우리가 원하든 원하지 않든
세월은 저 혼자 왔다가
자기 볼 일 다 본 후
온다 간다 말없이 사라지고 없다
깜짝 놀라 내가 어디쯤 가고 있을까?
멈추어서 보면 항상 내 생각보다
앞서가고 있다
주머니에 손 넣어 보면
반 마음도 안 차는 빈 주머니다
이래저래 마음만 흔들린다
오븐에 빵 구워내듯이
시간이 열 올라 있을 때
내 할 일을 집어넣어야
먹을 때 먹을 것이 있고
일할 때 일할 거리가 생긴다
오늘은 무슨 일 하나 싶다가도
막상 들로 나가면 온천지가 일거리
급한 순서대로 대충 해도
어둠이 집으로 가자고 등 떠밀면

못 이긴 듯이 돌아오지만
내일모레 할 일이 제가 먼저라고 줄을 선다
노후 소일거리로 시작한 일 막상 해보면
마무리 욕심이 있고
목표의식이 있어 항상
해 동무를 한다
숫돌에 낯 갈 듯이 노동을 통해
마음을 갈고닦고 있지만
놀고먹는 것이 죄스러워
내 밥벌이 내가 한다고 하다 보면
매일 한도 초과다 저녁이면 녹초가 되어
내일은 일 조금 적게 한다고 맹세를 해도
일하다 보면 그 맹세는
도루아미타불이다

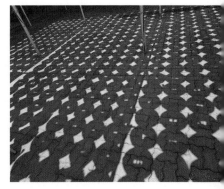

2023. 4. 30.

꽃 사는 날

오늘은 장날이다
5일 동안 나름대로 준비한
물건을 가지고 와
자신 있게 사라고 외친다
오월이라 모종 가게에는
사람들이 왁신왁신거린다
배급 타가듯 고추 모종 한 박스에
호박, 참외, 가지
기타 취향대로 골라 사 간다
봄철이면 모종 장사 나무 장사
꽃 장사가 노 난다
올해 들어서는 부쩍 꽃을 많이 산다
나이가 들어 몸이 노쇠해지니
아름다운 꽃이 눈에 들어오는 걸 보니
젊은 청춘 시절이 그리운가 보다
먹는 것보다 보는 것이 좋은 걸 보니
나이가 들어가는 것이 실감 나네
요즈음은 육종 기술이 좋아 진한 빨강 장미도 있고
두 가지 세 가지 색깔이 겹쳐서 나는
장미꽃도 있고 노랑 흰 장미도 있더라
하도 이뻐서 이름도 생소한 서양 꽃 몇 가지를

사고 보니 두 손이 무겁다
장국에 막걸리 한 잔 대신 꽃을 사서
오는 발걸음은 어린아이 용돈 타서
과자 사러 가는 기분일세
내일부터 내 정원에서 요놈들이랑
텔레파시로 대화를 나누겠구먼

2023. 5. 3.

우아한 이별

전기 스파크 일어나듯
마음에 갈등이 수없이 부딪힌다
어느 것이 옳고 그른지
분간이 안 간다
이래 생각하면 이것이 옳고
저래 생각하면 저것이 옳다
사랑에 눈금은 마음에 눈금이다
한 번 쏠린 계산
바르게 하려면 무척이나 어렵다
마음에 기대치는 높은데
현실에 벽은 너무 단단하고
살아온 방식이 다른 만큼 생각도 다르다
타협을 해 보지만
같은 곳을 바라보고 있지만
가는 방법이 달라
이제는 한계치에 도달해 잘못된
선택보다 소득 없는 헛일로 끝내고 싶다
물론 시간과 돈, 생각이 심한
정신노동이 허사로 무너짐이
고통에 시간을 주겠지만
갈수록 힘든 길이길래

여기서 그만두고 싶다
악연 대신 선한 인연으로
끝내고 싶어 이별에 선물로
예쁜 꽃을 사서 자기 생각하던 마음까지
다 담아 보낸다
물과 기름의 사랑이었기에
잘 가라 한때의 철없던 사랑이여

2023. 5. 3.

천생인연

맑은 하늘에 구름 한 점 모여 비가 되듯이
너와 나의 눈빛 한 번 부딪힘이
사랑에 불꽃이 될 수 있다
매일 수많은 인연이
벌, 나비 꽃을 찾듯 날아들지만
그냥 무심코 지나가는 인연일 뿐
사랑에 씨앗은 아니다
참된 인연은 그믐밤에 바늘 실 꿰듯이
어렵다 하지만 진짜 천년지기 사랑이라면
안개 자욱한 산속 길 드러나듯
엉킨 실타래 술술 풀리듯 자연스럽게 이어져간다
잘못 채워진 와이셔츠 단추처럼
참된 인연이 아니면 어색하고
어느 한구석이 불편하다
한숨 자고 일어나 머릿속이 텅 비어있을 때
편안한 마음으로 촉촉이 젖어오는 당신 생각이 난다
당신 생각에 내 마음 자꾸 가벼워지고
기분이 좋아지는 걸 보니
우리는 천년지기
천생연분인가 보다

2023. 5. 4.

마음에 평화

밤비가 온다 토닥토닥 떨어지는 소리가

노래를 부르는 듯

장단을 맞추는 듯

빠르지도 느리지도 않은 걸음으로 천천히 다가온다

새벽잠 깨어나 탁자에 앉아

두 눈을 감고 조용히 있으면 부푼 땅 다지듯

마음에 길로 들어선 밤비 소리는

가슴에 솜이 물 빨아들이듯 적셔 들어 물고랑을 내어

내 상념에 조각들을 하나둘 떠내려 보내고

흐린 창을 빗질해 조금씩 조금씩 닦아내는구나

이렇게 욕심이 하나하나 엷어지고 나니

마음에 땅 주인은 없어지고

내 것이라는 소유욕이 없어지니

눈이 오든 비가 오든 평상심을 유지할 수 있구나

욕심이 눈을 안 가린 지금

마음이 가야 할 먼 길까지 환히 보이고

바쁘게도 가야 할 길이 아니기에 바람에 등 떠밀려 가듯

인생길 가니 몸과 마음이 서로 간섭이 없으니

평화를 이룰 수 있고 번민 없어 가질 것 없으니

마음에 들판이 천국을 이루네

2023. 5. 5.

온종일 비는 오고

비 오는 날 털에 비가 흠뻑 젖은 노루 한 마리
들판을 이리저리 마구 뛰어다닌다
운동을 하는 것인지
마음속에 꽉 찬 에너지 발산인지 모르겠지만
저렇게 힘 빼고 나면
몸과 마음이 가벼워질 것이다
비 오는 날 처마 밑에 동네 참새들이 다 모여앉아
불만스러운 목소리로 쫑알쫑알거린다
남편 흉을 보는지
출세한 아들 자랑하는지
명품 가방 자랑하는지
모르겠지만 시끄럽다
너무 화려해 옆에 두고 보려고
장미꽃 화분을 하나 샀다
어제는 참 이뻤는데
밤새도록 비를 맞고 지금도 비를 맞고 선
꽃송이를 보니 웃는 모습 없고
찡그린 얼굴이 보기 싫고
처량하기 그지없네
비 오는 날 심심하다
친구도 나처럼 심심해 무얼 해 볼까?

연구 중일까?
아니면 아내와 함께
맛있는 것 서로 챙겨주며
오붓한 시간을 보내고 있을까?
점심 한 그릇 하자고
전화하기 망설여지네

2023. 5. 5.

비 오는 날

오월에 비가 내린다
바람을 타고 온 비
꽃 편지 같은 이야기를
참새가 들려준다
빗방울과 접촉하는 부드러운 촉감에
나뭇잎은 좋아서
아리랑 춤을 추고
땅은 곳간에 곡식을 쌓듯
기분 좋은 느낌으로 다가오고
토닥토닥 빗방울 소리는
내 귀에는 님이 날 보러 오는
발자국 소리 같아
자꾸 창밖을 내다보고
비 온다고 털 젖을까 봐
무심한 마당 개는 턱을 괴고 누워
오고 가는 사람 신경 안 쓰고
눈망울만 굴리고 있구나

2023. 5. 5.

왜 몰랐을까?

밀알이 여물어 갈 때
밀꽃이 떨어지는 의미를 몰랐고
아카시아 꽃향기 흩날릴 때
그가 부르는 소리인 줄 몰랐다
그녀가 꽃 화분을 선물 받을 때
이별에 신호라는 걸 눈치챘을까?
보랏빛 오동 꽃이 목청 높여
긴 호흡에 나팔을 불 때
찐한 그 향기에서 흘러나오는
봄 계절의 끝남을 알렸는데
그땐 그 의미를 왜 몰랐을까?
그녀가 웃음으로 안녕을 말할 때
먼 훗날 그것이 후회의 씨앗이라는 걸
왜 몰랐을까
봄이 왔을 때 봄이 좋음을 몰랐고
꽃이 필 때 꽃의 아름다움을 몰랐고
만남 끝이 이별이라는 걸
그때는 왜 몰랐을까?
살 때는 몰랐는데 지나고 보면 그 시절이
나의 행복이라는 것을 왜 몰랐을까?

2023. 5. 5.

좋은 시절

실록이 푸른 오월

피라미는 님도 보고 뽕도 딴다고

산천 구경하며 인연을 찾아

시냇물을 거슬러 올라가고

오래전부터 물가에 자리 잡은 수선화가

명경수에 날씬한 몸맵시를

한 번 비춰보고 두 번 비춰보고

이쁜 꽃잎 또 한 번 쳐다보고

자아도취에 빠져 감탄사 연발이다

복주머니를 매단 듯

크리스마스 아기 종을 매단 듯한

아카시아 꽃은

꽃잎을 열어 복주머니 속에 복 꺼내듯 열어

여인에 향수 같은 꽃향기를

공짜로 마구 퍼주면

바람은 농부 비료 흩듯 세상에 고루고루 뿌리고

바람이 전하는 그 향기 소문에 취해

너도 자빠지고 나도 자빠진다

아카시아나무 아래 오동꽃나무 아래

어디 먹을 것 없나 하고

어슬렁거리던 동네방네 벌들이 뒤섞여

웅성거림이 자갈치 어물전같이 활기차고
뒤뜰에 자리 잡은 작약꽃은
이 세상을 즐기다 돌아갈 때가 되어
시든 꽃잎을 떨구면
이웃에 집 짓고 사는 개미네 횡재했다고
할배, 할매, 엄마, 아버지, 아들, 딸
온 식구가 다 나와 기차놀이 하듯
협동 단결해 울러 메고 끌고 간다고 야단이다
모두 다 청춘이고 활기찬 이때
나는 무슨 노래를 불러야 할까?

2023. 5. 6.

살만한 세상

오월에 피는 장미꽃 빛깔이 곱더라
보라색 오동나무 꽃이 부는 나팔 소리가
씩씩하게 들리고
아카시아 꽃향기가 코끝을 즐겁게 하더라
어제오늘 온종일 비가 내렸다
오월에 내리는 빗방울은 감로수가 되어
실록은 젊음이 꽉 찬 나뭇잎을
깃발처럼 펄럭이며
솟아나는 기운으로 세상 무서울 것 없다는
기세로 힘을 과시하고
딱 좋은 시절에 어버이날이라고
손자, 손녀, 딸, 사위가
선물 꾸러미 사 들고 와
노년에 삶 하루를 행복으로
통통하게 살찌워 준다
손자, 손녀 재롱 딸아이, 사위 환한 웃음
참새 새끼 모양 재잘대는 이야기 소리
춥지도 덥지도 않는 좋은 시절에
밤 시간과 잘 어울려 인생에
이쁜 추억 한 덩어리로 굳어져
인생 보물 창고에

예쁜 날의 하루로 저장되겠다
하늘에는 별과 달이 있어
밤하늘 바라볼 것이 있고
땅에는 이쁜 꽃과 향기
푸른 나뭇잎의 싱그러움이 있어 좋고
사람 사는 사회에는
자손들과 끈끈한 정이 있어
세상은 살 만하구나

2023. 5. 7.

농부에 소임

비가 내렸다 긴 가뭄 끝에 내린 비라
세상 만물들에게 꿀맛이고 보약이다
내리는 비는 잎에 응원군인지
꽃봉오리에 응원군인지 모르겠다
내 생각에 모두 다 편인 것 같네
목단, 작약, 이쁜 꽃잎이 지려고 하니
장미가 그 바통을 받아 이어 달리고
찔레꽃 향기는 도우미로 나선다
포도송이 열리듯 주렁주렁
매달린 아카시아꽃은
중년에 신사같이 말없이 뒷산을 지키고
그 큰 군락이 벌 나비를 품속으로 다 안아 준다
오월에 마지막 주자 밤꽃이 피려고
아기 손보다 더 작은 꽃송이를
나뭇잎 사이에서 살짝 내밀고 있다
논밭 주인인 나도 살기 좋은
세상 만들기에 동참하라고 전갈이 와
고추, 참깨, 호박, 고구마까지 심는다
해마다 절기가 내려주는 할당량 채우느라
때론 더듬수 놓아가며
흘러가는 세상 물결 따라 노 잘 저어가고 있다

명령에 따라 거역 없이 심고 가꾸면
햇빛이 키우고 비가 알아서 풍년을 약속한다
오늘도 그 믿음이 있기에 어둠이 마실 나오고
초승달과 별들이 보초 서기 시작하는
밤길을 안전하게 집으로 돌아와
아내와 함께 맛있는 저녁 식사를 한다
이것이 농부의 하루 소임이다

2023. 5. 7.

키위

늘은 봄비가 원 없이 삼 일 동안 내렸다
물 부족으로 가난했던 초목은
횡재를 한 듯이 부유해져
나뭇잎은 부자 때깔이 나 윤기가 반들거리고
때를 기다리고 서 있던 키위 암놈이 꽃망울을
폭죽이 터지듯 일제히 꽃 폭탄을 터뜨리고 용트림을 한다
기세등등하고 그 향기가 십 리 밖에 있는 벌까지 꼬셔 오겠다
그제야 옆 짝지를 돌아본다
아뿔싸 이게 웬일 아직도 옆에 선 수꽃은
벙어리 입 다물 듯 꽃잎을 꾹 다물고
말없이 서 있다
암꽃이 박자를 못 맞추는지
수꽃이 장단을 못 맞추는지
그 속은 알 수가 없고
주인 마음만 속 타네
암꽃은 접시같이 넓죽한 꽃잎을 벌리고
맛있는 음식을 담아 놓은 듯
꽃향기로 하루 이틀 유혹해 보지만
수놈은 기별도 없네
작년에도 때를 못 맞추더니
올해도 때를 못 맞추네

궁합이 안 맞나?
수놈이 게으르나?
암놈이 부지런하나?
키위나무야 내년에는 서로 의사소통 잘해
키위 좀 많이 열어 동네 사람 불러놓고
한 바가지씩 갈라 먹게
주인 체면 좀 세워다오

2023. 5. 8.

시간에 마술

조개가 고통과 인내의 세월을 삭혀
영롱한 보석 진주를 품어 내듯이
닭이 시간에 사다리를 타고 올라가 알을 품어
병아리를 만들어 내듯
풀잎은 밤새도록 습기를 품어
영롱한 이슬방울을 만들어
풀잎 끝에 매달아 놓으면
부지런한 아침 태양은 이슬 방울을
망태에 주워 담고
그 대가로 햇살 가루를 듬뿍 뿌려준다
시간을 잘 모아 쓰면
기적이 일어나고
헛되이 쓰면 물이 마르듯이
보이지 않게 흔적 없이 사라진다
오늘도 수많은 사람들이
연금술사가 되어
햇살에 시간을 녹여
만들고 싶은 물건
제멋대로 만들어 간다
그래서 세상에는 꽃의 아름다움도 있고
실하고 튼실한 열매도 있다

오늘 나는 어제 이어달리기를 할까?
아니면 오늘 출발하는
새로운 일을 해볼까?
바둑판 돌 만지작거리듯
차 한 잔에 생각을 녹여보네

2023. 5. 8.

하루 일과

산은 푸른 나뭇잎으로
꽉 차 끼어들 빈틈조차 없고
먼 산에서 님 부르는
산비둘기 소리가 들린다
오월의 햇살은 오늘도 신나게 달린다
산등성이 한 모퉁이에
뜬구름 한량은 산 넘어가며
인생무상이라 말하고
일하지 말고 놀러 가자고 유혹한다
뭔 노래를 하는지 놀이를 즐기는지
참새는 흥겨운 음으로 대화를 하고
밤새 연습을 많이 했는지 화음도 잘 맞다
팔자 좋은 마당 개는
가장 편안한 자세로 누워
성의 없이 꼬리만 살랑거리며
주인이 뭐 하나 눈만 깜박거리며 눈치를 본다
숲속 앞길에 드문드문 선 찔레꽃은
나비, 벌 꼬셔 보겠다고 향기를 흘리고
앞 숲속의 장끼는 까투리를 만났는지
심 봤다고 기분 좋은 고함을 지른다
마늘밭에 마늘은 나이가 들었는지

아랫도리부터 노랗게 물들어 가며 수확 시기를 알리고
뒷산 뻐꾹이는 빨리 일하러 가라고
마누라만큼 잔소리질이 한창이고
오늘따라 온갖 새소리 다 들린다
세상 참 빨리 돌아간다
세상에는 저마다 할 일이 있어
시간의 가마에 해야 할 일감을 넣어
자기에게 주어진 삶에 소임을
잘 빚어 열심히 구워 내는구나
모두 다 만족하는 작품이 나왔으면 좋겠네
나도 오늘은 무슨 일로 하루 일기를 쓸까 하고
커피 한 잔 받쳐 들고
오색 장미꽃, 수국, 사루비아, 달리아
꽃들을 보며 눈은 세상에 아름다움을 보고
귀로 세상 소리도 듣는다
머릿속은 해야 할 일로 부질없는
생각만 피었다 지고를 반복한다
모종해 둔 참깨, 참외 씨를 훑어보면서
논두렁 풀 베러 기계를 울러 메고
오토바이를 탄다

2023. 5. 12.

사랑이 가는 길

기운 찬 신록은 푸름이 더해가고
바람결에 나풀거리는 자신감이
세상을 업고도 남겠다
실한 오월의 햇살은 부챗살 같이 펴지고
피지 못한 봄꽃 다 챙겨주고
청포, 창포 널어 선 시냇가 웅덩이
피라미, 미꾸라지, 잉어, 붕어 다 모여 산다
한곳에 모여 산다고 그 꿈마저 같을 수 없다
생각이 다르고 뜻을 품을 수 있는
그릇이 다르기에 같은 물건이 아니다
세상을 아무리 살아봐도
이성이 감성을 지배하는 것이 너무나 당연한데
사랑만큼은 그게 안 되더라
미운 것 고운 것 다 제하고도
사랑하는 마음이 조금 더 남으니
그 찌꺼기가 질투이더라
내 마음 나도 어쩔 수 없다
한잔 술을 마시면
작은 고통에 더 큰 고통을 주어
작은 고통쯤은 생각 안 나게 하는 것
절대성이 아닌 이 세상의 평가는

상대성으로 결정되는 것
호불호의 느낌에 내가 서 있는 자리를
알 수가 있고 내 갈 길을 알게된다
사랑아 먼 길 너 혼자 돌아가지 말고
너와 나 저 하늘 달빛 별빛을 벗 삼아
세상 끝까지 가던 길
함께 가보자

2023. 5. 13.

사랑의 조건

수많은 생각이 번민을 만들고
편안하지 않는 마음으로
보낸 날들이
꼭 헛일은 아니었다
사랑은 혼자만의 이야기가 아닌
일상이 한층 두 층 쌓아 올려 가는
무너지지 않는 작지만 의미가 큰 탑 이야기
사랑은 둘이 하나 되어 엮어가는
인생에 참 이야기란 걸 알았기에
이번 연애사도 나름 배움이 있었네
살다가 싫증 나면 이사 가듯
만남이 의미 없어지면 헤어지고
또 다른 의미 있는 일을 찾아
떠나면 되는 일
예쁜 신발보다 편안한 신발이
좋은 신발이란 걸 알았네
억지스러운 인연보다
편안한 일상이 행복하다는 것을

2023. 5. 13.

이별에 조건

별빛은 어둠을 사냥하고
너 생각이 내 마음을
사냥하는구나
온종일 너 생각 때문에
일상은 허덕이고
코뚜레 낀 황소 모양
너 감정에 이끌려 가슴에는
불만이 가득하지만
그것을 참고 있다가
이젠 화산 폭발하듯
분노가 폭발해 더는 보고 못 살겠네
수많은 고민과 번민이 교차해
편안하지 않는 마음으로 보낸 날들이
얼마나 많이 외로웠던지
만남을 그만둬도
미련은 없더라

2023. 5. 13.

오월의 어느 날 아침

어둠 색깔은 밤새도록
수많은 시간이 지나간 발자국에 밟혀
낡고 닳아 달구어져
빛바래가는 어슴새벽에
나무들도 자고 있는지
나뭇잎도 미동도 없다
동녘 하늘 산 위 솔가지에
그믐달은 걸려있고
숲에 요정은 모처럼 그믐달 구워 먹겠다고
땔감에 불붙이겠다고
입김을 훌훌 부는데
어디 봐도 불꽃은 보이지 않고
안개만 세상 가득히 피어올라
동서남북이 흐릿하구나
새벽잠 없는 참새가 놀라 이웃을 깨운다
뭔 일 있냐고 이웃은 설명을 하는 것이
자기도 잘 몰라 인터넷 검색을 하는지
뭐라 뭐라 속닥거리는 소리가 분잡하고
시간이 흘러 안개가 걷혀 갈 무렵
솔가지에 걸린 그믐달은 타고 없는지
보이지 않고 둥근 빵만큼 큼직한 아침 해가

가을날 홍시같이 잘 익어 붉게 달아올라
산꼭대기 꼬챙이에 꽂혀있고 일 등 해
그 고기 한 점 더 먹겠다고
까치, 까마귀, 산비둘기, 백로까지
총출동해 하늘이 난리법석이다
누구 들으라고 하는 소리인지 몰라도
얼굴도 보이지 않는 나뭇잎 사이에서
참새 소리만 들리는데
그 말이 무슨 말인고 하니
가서 먹고 남는 것
오는 길에 싸 와서
자기도 한 점 나누어 주라는 이야기네
새들이 쪼아 먹고 난 햇살 부스러기
조금이라도 더 받아먹으려고
이웃집 장미꽃은 꽃잎을 크게 벌리고 하품을 하는
오월의 어느 날 아침을
활기차게 시작하는구나

2023. 5. 16.

논에서 본 오월 풍경

풀잎이 푸름으로 짙어가는 오월
모 심으려고 잘 다듬어진 논에
왜가리는 땡볕에 논에서
뭐 맛있는 먹잇감 어디 없나 하고
양반 마실 가듯 느린 걸음으로
왔다 갔다 여유롭고
산 밑 발치에 자리 잡은
찔레꽃 마음은
잡 마음 하나 없는 일편단심이라고
이구동성으로 주머니 뒤집어 보이듯 하얀 꽃 속살을
다 내어 보이며 벌 나비를 향기로 청하고
청춘에 꿈을 가득 실은 쓴 냉이 꽃도
출세했다고 노란 꽃별을 달고
산바람 따라 엉덩이를 씰룩거릴 때
냇가에 버들잎도 피라미와
손을 폈다 접었다 하는 걸 보니
가위, 바위, 보 놀이를 즐기나 보다
나이 든 농부도 목구멍이 포도청이라
먹고살겠다고 예초기 울러 메고
골짝 논두렁에 올라
망초꽃대 쑥대 할 것 없이 할배 면도하듯

깨끗이 깎아대면 시원한 풀섶에서
낮잠을 즐기던 개구리, 한량이
꿈인가 생시인가 놀라 외치며
펄쩍 뛰어오르는 모습이
참 기운차다
산속 뻐국새는 점심때 다 지나간다고
점심 먹고 일하자고 배고픔을 알린다

2023. 5. 16.

할배, 할매 마음

농번기라 일하다 보면
항상 늦은 저녁을 먹는다
나이 든 몸이라
해마다 기력이 달리는 것 같다
그래서 작년보다 올해가 더 힘든 것 같네
오늘도 이 일 저 일 바쁜 순서대로
하다 보니 일에 두서도 없다
저녁을 먹으며 마누라와 하루 있었던 일
서로 정보 교환을 한다
요 며칠 손녀로부터
영상통화가 없어 손녀 보러 한번 갈까?
저녁 먹고 영상통화를 한번 할까?
의논 중에 전화가 왔네
이심전심인가 보다
세상에 어느 꽃이 이쁜 들
손자, 손녀 웃음꽃보다 이쁠까?
그 웃음소리 미소 진 얼굴 한 번에
박카스, 우루사 여러 번 먹은 것보다
피로 회복이 싹 된다
오늘 하루 중 가장 행복한 시간을 느낀다
이 기쁨과 행복을 주는 손자, 손녀들아

너희들도 할배, 할매가 행복해하는
이 순간만큼 행복한 일상이 되었으면
좋겠네
이 세상에서 무슨 일을 하든
하고 싶은 일 재미있게 하고
행복하고 건강하게
살았으면 좋겠네

2023. 5. 17.

기다리는 마음

푸른 하늘 강에
흰 구름이 돌다리를 놓으면
바지 걷어 올린 태양이
징검다리를 건너갈 때
시골길 냇가 뚝방에 금계국은
내 사랑을 닮은 노란 병아리색으로
뚝방 길을 밧줄 삼아 부는 바람에
이리 한 번 저리 한 번
줄 당기기 씨름을 하는구나
지붕 천장에 둥지를 튼 참새 새끼들은
덥다고 선풍기 틀어 달라고 아우성이고
화려하게 피었다 지고 만 장미꽃은
봉긋봉긋 피어나는 망초 꽃보다도 못하고
가난했던 청춘이라도
노후의 풍요한 삶보다
더 값어치가 있다
참새가 볍씨 까먹듯 가고 있는
오늘 오후 시간도
먼 훗날 하루 햇살보다
더 값어치가 있겠지
동구 밖 정자나무 그늘 아래서

삼삼오오 모인 노인네들
동네로 들어오는 차 소리 나면
행여나 생각지도 않는
손자가 오려나 손녀가 오는지
막연한 기대감에 연신 확인하는
노인네들 눈길에
목 고개가 자꾸 돌아가는
주말의 오후 시간이네

2023. 5. 20.

추억에 꿈

밤하늘에 뭇별들이
땅 위에 사는 인간사가 궁금해
세상에 내려온 별빛 달빛은
시냇물에 물장구를 치며
신나게 놀고 있을 때
글을 읽는지 노래를 부르는지
개구리 학동들 합창 소리 경쾌하구나
여름이 익어 떨어질 때쯤에
이슬이 풀잎 끝에 사랑을 매달 듯
가을밤 노래를 잘 부르던
추억 속에 소녀 이야기가
환갑이 지난 이 나이에도
콩나물시루에 콩나물 올라오듯
문득문득 생각나는 걸 보니
그 시절 젊은 청춘에 추억이
아름다움으로 기억하고픈
마음이 있었나 보다
오월의 금계국이 시냇물 뚝방 따라
지천으로 깔리고 그 화려한 눈빛에
사람들은 유혹되고 만다
장미꽃의 화려함이 도깨비같이

사람을 홀리는 청춘에 시간
익어가는 보리 내음 밀 이삭이
바람에 엉덩이를 흔들며
신이 난 소리로 소리 내어 부르는
풀잎피리 소리는 옛이야기같이
향수를 부르고
뒷산 뻐꾸기는 추임새 소리로
세상 흐름에 장단을 맞추고
그 옛날 수줍은 소녀가
별빛과 달빛에 섞여 부르던 그 노래를
지금 한 번 더 들어보면
노인의 마음에도 맑은 샘물이 들녘을 적셔
초목에 생기를 주듯이
반백 년 전에 기억 속에 남아 있는
좋았던 추억과 함께
내 귓가로 그녀가 지금 그 노래를
불러주면 삶에 활력소
행복으로 쌓이려나
기분 좋은 생각에
참새 소리마저 즐겁네

2023. 5. 20.

당신에 향기

고운 진흙을 물고 와
처마 밑에 제비집 쌓듯
시간이 햇살을 물어 와
한 가지 두 가지 쌓아
까치집 모양 엉성하게 그물을 놓으면
계절이 낚여 오고
계절이 낚여 오니
줄줄이 새들도 날아와 둥지를 틀고
꽃잎이 벌, 나비 부르듯
당신 마음도 한 가닥 두 가닥 모여들더니
내 마음에 사랑에 집을 짓네
오고 가는 세월 속에 수많은 인연이
흔적을 남기고
별똥별처럼 섬광으로 흩어져 갔는데
오로지 당신 마음만이
별똥별의 노래처럼 자리 잡았네
만남에 우연 없고
참사랑에는 거짓이 없어
마음 어느 한 곳 흐린 곳 없어 번민 없어라
나뭇잎에 앉은 청개구리 마른하늘에
비 청하는 소리로 노래하듯

내 마음이 당신을 그리워해
오늘 저녁에 만나 근사한 저녁을 먹고
커피 향 내음도 즐기고
가로등 불빛이 부드러운 공원에 가서
빨강, 노랑, 분홍빛 장미꽃을 감상하며
꽃향기보다 더 설레는
당신에 향기를 맡아보고 싶어라

2023. 5. 23.

삶이 기가 차서

해가 뜨고 달이 지고
밤낮이 바뀌어도
그냥 그렇거니 생각했는데
손자가 생겨나 할아버지 하고
부르면 쑥스럽고 부끄러웠는데
내가 벌써 할배가 되었나?
의문을 가졌는데
반신반의하면서 현실에 적응 중인데
아무리 현실이 그렇다고 해도
아직은 힘 있고 기억력도
불편 없는데 지금도 삶의 현장에서
현역이라고 내 자리 지키고 있는데
마음은 할배가 아니고
어제저녁에도 청춘인 양 생각했는데
한 달 전쯤에 눈에서는 비문증이 생겨
시도 때도 없이 날 파리가 날았다 말았다
나와 숨바꼭질 놀이하려고 들고
여름은 아직도 저 멀리에 있는데
오월에 내 귓가에서 매미가 운다
아하 내 몸이 내 말을 안 들으니
어쩔 것이여 시간은 흘러간 것이었네

세월이 나 몰래 심어두고 간 늙음
난 이 선물 싫은데
버리지도 반품도 안 되는 늙음
이제는 우짜노!
그다음 세월이 주는 선물은 뭐꼬?
며칠은 고민도 하고 방황도 하고
허무해 술 힘도 빌려보지만
만만한 술 한잔마저 나를 깔본다
어디 가서 하소연도 해봤지만
아무도 아는 체도 안 하니
모든 것이 허사이니
어쩔 수 없이 받아들여야 하겠지만
이다지도 허망한 게 인생에 말로라니
어이가 없네
열심히 살고 노력했으면
무슨 상금이라도 있어야지
갈수록 태산이네
그래서 인간이
기가 차서 죽나 보다

2023. 5. 23.

그래도 시간은 간다

유월의 밤꽃 향기는 산속에서 솔바람을 타고
여름 여행길을 나서고 젊은 태양은 시냇가로 소풍와
모래알을 삶는지 자갈을 굽는지
모래밭에 김이 설설 피어오른다
물꼬에 물이 줄 줄 흐르고
쓰레질이 잘된 논배미에 이양기 혼자 왔다 갔다
열심히 모를 심어 빈 들판을 한 수 한 수 메워가며
벌써 가을에 수확을 꿈꾼다
점심을 먹고 그늘 아래서 낮잠 한숨 청해 보지만
이마와 등에서 바위에서 물 배어 나오듯
땀이 배어 나와 세상살이에 불편을 느낀다
남풍이 나뭇잎을 흔들어도 더운지
참새는 불만 가득한 소리로
쉼 없이 불편하다고 떠들고
산속 뻐꾹이는 남의 집에 입양 보낸 알에서
막 깨어난 새끼가 어미 잊고 몰라볼까 봐
이쁜 목소리로 열심히 육아 중이고
어제 핀 장미꽃도 깊은 사색으로 초여름날
오후 시간을 보내고 오늘도 기약 없이 세월은
제 갈 길로 가나보다

2023. 5. 25.

사월 초파일

산사에 어둠이 눈 내리듯 쌓이면
소원에 염원을 밝힌
오색 등 눈빛은
더 강렬해지고
염불을 외우는지
스님에 법문을 듣는지
서 있는 그 자태가 곱다
법당에 홀로 앉아
모래알 속에 사금 찾듯
무엇이 참이고
무엇이 거짓인지를
쌀에 돌 고르듯
진리를 찾아 헤매는
스님의 엉덩이는
오늘도 돌부처인지
미동도 없고
산 아래 도로에는
무엇이 바쁜지
차 불빛만 숨 가쁘게
달려가네

2023. 5. 25.

평화로운 하루

노동으로 피곤한 몸
한숨 자고 나니
시간은 한밤중이고
변기에 앉아 소변보고
눈 감은 채로 마음을 둘러보니
텅 빈 공간이네
오욕칠정으로 물고 뜯던
그놈들은 어디로 갔는지
이렇게 평화로울꼬
눈을 뜨고 나니
잠잔다고 쉬었던 머리에
발전기가 돌아가니
안개가 모여 이슬방울 돼 듯
어제 살았던 삶에 찌꺼기
오늘 살아가야 할 삶이
제 몫 챙기기에 나서면
맑은 물에 욕심이 물감 풀리듯 풀리면
머릿속 마음은 평화가 깨지고
오욕칠정이 활개를 치면
머릿속은 난장판이 되고 인생에 역사는
늘 부족하다고 투정부리는 그 욕심을

잘 다스리고 사는 여정이
인간에게 주어진 삶에 숙명이다
오늘도 영점을 기준으로
욕심이 크게 내려가면 우울증이고
크게 올라가면 과대망상증이고
정상 범위 내에서 수위를 잘 조절해
수월한 하루를 건너가 보자

2023. 5. 26.

세상에 공짜는 없다

잠에서 깨어나니 마음에 밭에는
장맛비에 우후죽순으로 잡초 나듯
온갖 삼라만상의 번민이
앞다투어 일어나고
삶에 번민과 고뇌는 짝을 지어
제 세상인 양 여기저기에 불을 지른다
인내의 기다림으로 명상을 하면서
논에 잡초 뽑아내듯
설치는 난봉꾼 하나씩 골라
일 대 일로 맞대결을 하여
하나하나씩 굴복시켜 나가면
오욕칠정은 마음속으로 숨어
불만의 잔당들을 모아
그 세력이 커질 때까지
산적같이 숨어서 연명할 정도의
노략질을 한다
일상에 힘든 일을 계속하다 보면
가을날 콤바인이 추수할 때
나락 떨어지듯 한 톨 두 톨 쌓이면
오합지졸이 되어 또 난을 일으키고
그 전투에서 피를 흘리고 부상도 입고

마음이 쑥대밭이 되기도 한다
정해진 길을 가는 인생길
멀기도 하고 가깝기도 한데
한 고비 넘을 때마다 대가를 치른다
나이를 먹는 것은
삶의 고생 끝에 주어지는 훈장 같은 것이네

2023. 5. 26.

비 오는 날의 공상

물 잡은 논에
오월 어느 날 아침에
이슬비는 빗줄기를 연필 삼아
희미하게 그림을 그리면
작은 빗방울은 논물에 튕겨
구슬인 양 굴러가고
어제저녁에 마신 술이 아직도 덜 깼는지
산속 뻐꾸기는 혼자서 고성방가 중이네
뻐꾸기가 노래하는 걸 보니
곧 비가 그치려나
묵은 때를 씻은 나뭇잎 얼굴은
새색시같이 생기로 반들거리고
비가 와 노가다 일하러 갈 곳이 없어진
비둘기는 전깃줄에 앉아
친구 불러 모아 놓고
부추 전 부쳐 막걸리 타령으로
낮술 한잔할까?
아니면 군불 땐 뜨끈한 방에
자리 깔고 누워
노동으로 골병든 몸 녹여볼까?
이슬비를 맞으며 오만가지 생각에

갈등을 하고 있는 것 같고
나뭇가지에 지은 새집에 비 샌다고
참새 마누라 한시 반시도 안 쉬고
바가지 꺾는 잔소리질이 한창이네
꽃잎에 내려앉은 빗방울이 무거워
어제 핀 꽃은 억울해하며 꽃잎을 떨구고
이제나저제나 하고 기다리던 개미 횡재했다고
가족들 다 불러 모아 운반 중이네
마당개는 쥐 한 마리 잡아놓고
의기양양하게 주인어른 봐 달라고
아양을 떨며 자랑질이 한창이다
이슬비는 내 마음같이 헷갈리는지
오락가락하고 중독된 카페인의 맛과 향이
유효시간 끝나간다고 신호를 보내면
습관적으로 커피포트에 물을 올리고
커피 봉지를 개봉하면 그 향에 벌써
침은 꼴깍 넘어가고
한 모금 음미하면 들뜬 마음 차분해지고
오늘 해야 할 일 순서를 챙긴다

2023. 5. 27.

호접란

얼음장 밑 물고기같이
동면을 하던 마음에
물기가 스며들 듯 봄기운이 스며들어
마음이 들떠 장 구경을 나서면
장사꾼들이 어디서 구해왔는지
온갖 만물들이 욕심을 유혹하고
분 바른 여인네만큼 이쁜 꽃들이
함께 놀자고 유혹을 날리면
그 유혹에 홀려 발길이 멈추고
마음도 머문다
첫눈에 확 안기는 꽃 하나
다양하고 화려한 빛깔도 많지만
그중에 분홍빛깔이
도도해 보이는 호접란이
데리고 갈려면 가고
싫으면 관두라고 배짱을 부린다
밀당하는 마음이 욕심을 더 자극해
남들이 살까 봐 얼른 사고 본다
집에 와 귀하다고 크고 이쁜 화분에 옮겨 심어 놓고
들며 날며 바라보니 참 좋다
한 번 핀 꽃잎은 잎인 양

지는 줄 모르고
같이 핀 진달래 개나리 다 지고
라일락마저 지고 없는데
오월에 핀 장미와 자웅을 다투며
노익장을 자랑한다
하늘로 놓은 줄사다리에 꽃대를 올리고
나비가 꽃잎에 앉은 듯
차례로 하나씩 한 계단을 밟고 올라가는데
뻐꾸기 우는 오월에도
피어야 할 꽃봉오리가
3송이도 더 남았구나
잎은 보잘것없다만
내 속마음만큼은 열 충신 안 부럽게
꽃잎 색깔이 햇살에 바래도
꽃잎을 안 떨구고
같이 안고 서 있는 모습이
동네 놀이터 정자나무같이
기품 있는 너를 바라보는
그 재미로
오늘도 산다

2023. 5. 28.

행복이 뭐라고

비가 온다 유월의 비는 보약이다
비를 맞고 선 나뭇잎도 풀잎도 웃는다
논마다 물꼬에 물이 철철 넘쳐흐르니
나이 든 농민도 웃는다
다만 처마 밑에서 올봄에 태어난
참새 새끼는 오늘이 라마단이란 걸 처음 경험하며
쟤네들끼리 쫑알거리고 친구 서너 명이 모인 것 같은
선술집에 고기 굽는 숯 연기가 고소한 내음으로 자랑질하며
빗방울도 잘도 피해 내 콧속으로 숨어든다
건배 소리 한 번 외치더니 크게 벌린 입속으로
수통에 물 쏟아 들어가듯 마른 논에 물 들어가듯
시원하게 쏟아져 들어가고
젓가락 장단에 한량이 부르는 진주 난봉가가
내리는 빗줄기 사이사이로 피해 내 귀가로 속속 빨려들고
그 흥겨운 판에 나도 끼어들어 한몫하고 싶네
비 오는 날에 일상을 벗어난 이탈은
새로운 재미를 느끼는 인생에 양념 같은
쉼표와 같다고나 할까?
행복이 뭐 별것 있나 지천에 깔린 풀 종류만큼
흔한 것이 행복인데

2023. 5. 29.

삶의 함수

시간이 고백하는 세월에
아픈 소리를 듣는다
초저녁잠으로 어제 피로를 정산하고 나니
계산 끝난 잠은 아무리 찾아봐도 방법이 없네
일상을 일로 보내자니
고단해 죽겠다고
불평불만이 나오고 먹고 놀자니
몸속에서 심심해 죽겠다고
좀을 쑤셔대니
이러지도 저러지도 못하고
삶을 저울 위에 이 생각 저 생각을 올려놓고
눈금질해 보지만
묘수풀이는 없고
청산 못 한 마음에 빚은
근심 걱정으로 남아
흰 머리카락으로 징표를 남긴다
삶이 전하는 인생살이는
쉽지도 어렵지도 않은
어중간한 미련만 남는
이야기인 것 같다

2023. 6. 1.

사랑의 표현

한때 나를 무척이나 사랑하다
말없이 떠난 님
세월이 한참 지난 오늘 밤 꿈속에
뜬금없이 나타나
길에 핀 코스모스가 가을바람에
흥겨운 몸 춤까지 추며 님 마중 서 있듯
당신의 환희에 찬 밝은 미소에
몸짓으로 나를 반겨주네
너무나 반가워 얼싸안더라
기분이 얼마나 좋았던지
꿈 깬 지금도 그 생각에 웃음이 절로 나네
사랑에 표현이 서툴러 항상 할미꽃같이 고개 숙이고
받기만 원했던 그대
붙어 있어도 말이 없었고
이별 아닌 기다림으로 멀어져 갈 때도
안타깝게 혼자 속만 끓이다
촛불같이 가물거리다 작은 돛단배 파도에 멀어져 가듯
멀어져 간 여인아
꿈속에서도 나를 만나
예쁜 웃음 그 많은 말들을 하면서도
왜 사랑한다는 말 한마디 하지 않니

난 네가 사랑한다는 말 표현 없고
먼저 한 번도 연락도 없고 해서
나 홀로 하는 사랑이었나 하고
나도 너처럼 먼저 연락 오기만
마음으로 기다리고 있었네
오늘 밤 꿈속에서 네가 먼저 나를 찾는 것 보니
너도 세월이 지나고 보니
사랑은 표현하는 거란 걸
알았나 보다
진심으로 인연이라면
저만큼 앞길에서 너와 내가
다시 만나게 된다면
네가 표현하는 사랑한다는 말 듣고 싶네
꿈속에서나마 너를 보고 나니
네 생각에 잠이 안 온다
편지를 쓴다, 쓰고 지우고를 아무리 반복해도
마음속에 새겨진 정 표현하기에 부족하고
몸과 마음은 너에게로 너에게로
무작정 내달려간다

2023. 6. 1.

농부의 변명

오월에 꽃이 피고 질쯤에는
농번기라 굼벵이 힘도 필요할 만큼 바쁘다
고령화로 농촌이 늙고 인건비 비싸고
농산물 조금 생산해서 돈으로 바꾸어 봐도
주머니 속은 동전 소리만 딸랑거리고
이러지도 저러지도 못하고
남은 인생 그렇게 산다
도시 문화 발전으로 젊은이들은
도시로 다 빨려 나가고
윗길 도 아랫길도 못 가는 어중간한 이들만 남아
힘쓰는 농사일을 하다 보니 농사일에 힘이 부대껴
온몸이 피곤으로 축 늘어지는데
어제 힘쓴 일로 피로가 누적돼 일 안 할 핑곗거리 찾아
커피 한 잔을 홀짝이며 궁리 중이다
나무 위에 앉은 비둘기
오늘은 어디로 가서 무엇으로 배 채울까?
궁리하듯 오늘은 무슨 일부터 해 볼까?
연구 중인데 창가로 날아든 한량 참새
한 마리가 오늘 장날인데
장국에 막걸리 한 사발에
신세타령이 어떻냐고 유혹한다

매일 일해도 끝없는 일 그렇다고
살림살이 느는 것도 아닌데
쉬어가면서 하자고 유혹하면
옳구나 하고 맞장구를 친다
그랴! 내 나이가 얼마인데 살면 얼마나 살고
먹으면 얼마나 먹는다고
참새 한량 꼬드김에 훅 넘어가
에헤라 데헤라 잘 되었다 하고
장구경길 나서는 나는 누구인가?

2023. 6. 9.

배롱나무에 거는 꿈

산골짜기를 휘돌아
하늘로 신이 나
춤추며 오르는 안개처럼
젊은 아낙네 춤사위같이
예쁘고 부드러운 곡선을 그리며
마치 화선지에 난을 친 듯이
우아하게 품격 있게 생긴 배롱나무야
아마도 이무기가 용이 되어
승천할 때 추는 그 몸짓같이
너 자태가 황홀한 힘이 있구나
아름다운 내 모습이
사람 욕심을 자극해
몇 날 며칠을 용쓰다 매일 보고 살려고
문 앞 정원에 옮겨 놓았다
어린 손자 돌보듯 기쁨과 기대 찬 희망으로
매일 올라가 새잎이 돋아났나 하고
이리 보고 저리 보고 해도
믿을 수 있을 만큼 확신은 안 주고
살아 있어 핏기는 돈다고 말을 하네
벌써 유월 초순인데 이제나저제나 하고
속 태우고 설렘으로 기다린다

같이 옮겨 심은 배롱나무는
한 가지 두 가지 더 달라고 손을 내미는데
너는 아직도 꿈만 꾸고 있어
너는 너를 기다리는 내 마음을
모르는 것 같구나
애태우지 말고 재잘거리며 입방아 찧는
저 참새 잠들고 난 밤에
달빛에 먹을 찍어 이쁜 새싹 한 점으로
빈 하늘에 그림 한 수 부탁하자

2023. 6. 9.

손자와 백일홍

꽃을 본다
이쁜 꽃을 본다
가까이 더 가까이로 끌어들이는
너의 매력에 빠져
내 가슴 가득 너를 채운다
아침 이슬 머금고 핀 네 모습 보려고
아침 햇살은 밤이 새도록 먼 길을 달려오고
참새마저 이쁘다고 구경 와 속닥거린다
일곱 살 다섯 살 먹은 손자가 할아버지 할머니 보고
즐기라고 심어두고 간 백일홍 꽃
달빛이 흘러 물들이고 햇빛이 곱게 구워
세상에서 가장 멋쟁이 중에 하나로
작품을 만들어 놓았구나
시간이 차고 때가 되니
이제는 어른이 다 되어
앞서거니 뒤서거니 하나둘 꽃을 피우네
세계 미인대회 하듯
각양각색의 아름다움과 독창성으로 표현한
꽃송이들 보기만 해도 황홀함에 가슴이 먹먹해진다
꽃잎 속에 또 다른 색으로 별을 그리고
멋진 생동감에 이슬 머금고 선 모양 이쁨으로

꼼꼼하게 챙긴 너를 보고 또 보니
웃는 손자 손녀 얼굴도 보여주는
마술쇼도 하는 재주꾼이네
네가 부르지 않아도 손짓하지 않아도
나들이 차림으로 가만히 서 있기만 해도
네 곁으로 다가가고픈 마음이 생기는
꽃의 매력이 참 좋네

2023. 6. 10.

삶의 이치

맛이 잘 든 열무김치를
양푼이 그릇에 담고 고추장에
마누라와 함께
쓱쓱 비벼서 한입 먹으니
새콤달콤한 맛이 혀끝을 점령하고
고소한 깨소금 향기 퍼지듯 맛있다는 소문이 나고
어릴 적에 먹던 그 맛이 생각나니
엄마 생각이 떠오른다
배부르게 점심을 먹고 나앉으니
나뭇잎 사이에서 참새가 부른다
나도 같이 커피 한 잔 마시자고
세월이 바뀌니 식성도 바뀌고
옛날 어른 숭늉 마시듯
식사 후 커피를 마신다
특유의 향과 쌉싸래한 맛이
입속에 남아 있던 단맛을 씻어가니
양치한 것처럼 입안이 개운하고
뜨뜻한 것이 목줄기를 찜질하고
지나가니 시원하다
점심 먹고 차도 마시고 나니
먹고 싶은 욕망은 사라지고

낮잠 한숨이 손을 잡고 이끈다
선풍기 바람 타고 노랫가락이 춤을 추면
비몽사몽 간을 헤매고
타고난 복주머니가 신선 복이 안 되는지
파리란 놈이 시중 잡배들처럼
슬슬 시비를 걸어온다
처음에는 점잖게 휘익휘익 손을 저어 보지만
파리는 한 판 붙자고 노략질을 계속해 오고
마음이 참는 한계치를 넘어서면
부처 마음은 온데간데없고 오기가 발동해
파리채를 찾아들고 파리 사냥을 시작한다
미혹한 미물들아, 모든 것은 때란 것이 있고
지켜야 할 규칙이 있단다
만수무강하려면
시류를 잘 타야 한다는 걸 잊었니?
클 때 너의 어머니 아버지가
안 가르쳐 주더냐?
사람이 잘 때는 달려들면
목숨 부지하기가 어렵다고…

2023. 6. 11.

개구리 기우제

유월에 염천은
오늘도 팥죽 끓듯이 달아오르고
목마름으로 기다리는 초목은
뜬구름만 바라보고
모내기 끝난 논에
논물이 차오르면
길가에 가로등 불이 켜지고
그 불은 소원을 비는
촛불이 되고
물 잡은 논에 잔물결이 일렁이면
개구리에 기우제 염불 소리가
산천을 메우고
온 들녘이 가득 차
구름까지 닿는다
그 소원에 청 하나님이 들어주려나
일기예보는 흐림이라 했는데
알 수 없는 것이 세상사라
앞일이 궁금해지네

2023. 6. 12.

포기

여름이라 날씨가 더워 일찍 들일 좀 할까 싶어
평소보다 빠른 출근을 했다
들일을 하다 보면 핸드폰에 먼지 흙이 묻어
비닐에 싸려고 하다가 떨어뜨려 액정이 금이 갔네
산지 육 개월도 안 되었는데 참 속이 상한다
그래서 친구에게 전화해 하소연하면 친구가 위로해 준다
하지만 어쩔 수 없다
시간을 되돌릴 수도 없고 있었던 일 없다고도 할 수도 없고
나이 드니 동작이 마음먹은 대로 되지 않고
마음은 젊을 때 모양 그대로라 속상하는구나
몸이 늙으면 마음도 늙어
무관심으로 그렇구나 하고
이해심이 생기면 얼마나 좋을꼬
자기 잘못은 생각 안 하고
핑곗거리를 찾아 화를 낸다
혹시나 하고 사위에게 전화해
파손보험 들었나 하고 알아보라고 물어본다
에라이 복이 새것 가지고 있을 팔자가 못 되나 하고
화나는 마음을 커피 한 잔으로 씻어 내리고
마늘밭에 마늘 캐러 간다

2023. 6. 12.

기다림

햇살이 땅을 부드럽게 데워 놓으면
때를 알아차린 만물들의 생의 경쟁은
숨 가쁘게 시작된다
세월은 자석으로 쇠붙이 끌어모으듯
수북이 시간을 쌓아간다
그 시간 속에 파묻혀
밀려 떠내려가다가 보니
나비 한 마리 내 옆에서
멋지게 꽃단장하고 마실 길 나서네
그 화려한 몸짓에 다른 뭇 시선들이
부러움으로 집중하고 눈총을 쏘아대는데
그 총알 피해 꽃잎 속으로 숨어들어
이쁜 꽃잎에 앉으면 시간 가는 줄 모르고
삶을 이야기한다
덧없이 인생은 늙어 가는데
늙는 줄 모른다
기다림은 소리 없이 흐느끼고
지루함은 눈물보다 더 진한
상처를 준다
기다림은 외로움의 속삭임이다

2023. 6. 13.

고백

내리는 봄비에 땅 젖어오듯

내 가슴속으로 촉촉이 젖어드는 너에 대한 그리움

보고픔은 사랑에 씨앗인가? 아니면 시련에 고통인가?

아무 일 없이 멍하니 앉아 있으니

하나둘 너의 모습으로 당신 그림을 그린다

풀잎에 이슬방울 맺히듯 마른 내 가슴에

너를 그리는 염원으로 없던 사랑이

새싹 움트듯이 솟아난다면 이제는 못 참지 우짜겠노?

언제쯤 어디에서 너에게 내 마음 고백할까?

고백하면 나 혼자 힘들었던 네 생각 이쁘게 보듬어 줄까

정답 없는 시간은 자꾸 가는데 왜 용기가 안 날까?

행여나 그대가 모른 체할까 봐 겁이 난다

내 마음이 그대 마음속에 둥지를 틀면

사랑이 시작되고 네가 거부하면

나그네 새처럼 떠돌다 젊은 날의 아픔에 상처로 남겠지

모가 되든 도가 되든 너에 대한

내 마음 구속 여기서 결판내야 내가 살지 싶다

오늘 저녁에 만나면 마지막 성찬이 될지

사랑의 시작이 될지 너는 알고 있겠지

네 마음 나도 공유하자

2023. 6. 13.

시간이 가는 이야기

어제 아침과 같이 오늘도 시곗바늘처럼
늘 같은 일상에 반복은 아니지만
나는 하루 일을 시작하기 전에
커피 한 잔으로 하루 일정을 잡아본다
우리 농장 울타리 산머루 넝쿨 아래
참새 가족들이 맛있는 먹이를 나누어 먹는지
신명 난 목소리로 같이 먹자고 부른다
풀이 밀림처럼 우거진 밭둑에는
나이 든 농부가 힘들게 풀 베는지
기계 숨소리가 거칠고 악다구니를 쓰는 걸 보니
억센 풀이라도 만났나 보다
올해 자식농사 잘 지은 산 꿩은
새끼 데리고 산 밭에 특식 먹이 찾아
내려왔는지 조심스레 낮은 음으로
신호를 보내고
눈치 빠른 마당 개는
주인에게 출동 준비 물어보지도 않고
제 혼자서 게 춤을 춘다
흐린 날에 공기는 잠잠하고
비가 올지 햇빛이 날지는 시간만이 아는 비밀이고
저마다 유불리를 따져

자기들 원하는 쪽에 편을 든다
장독대 앞줄에 선 백일홍 화분의 꽃은
더 이상 보여줄 것이 없는
절정에 아름다움으로 꽃피우고 있고
그 꽃에 아름다움을
가슴에 더 담을 수 없을 만큼
이쁨으로 꽉 채우니
이 시간 이 순간 이대로
영원할 수 있다면
마음에 욕심을 넘어선다
오후쯤에 햇살 잔가지가
산그늘을 드리우면
아마도 꽃잎 하나 이별을 말하고
떠날 것 같고
어둠이 별빛과 달빛과 사바사바해
내일 아침이면 작은 꽃망울을
모른 척 피우며
세월을 속여가겠지

2023. 6. 15.

우울증 해소법

사람이 살다 보면 어느 순간 기분이
하늘에 무지개를 탈 때도 있고
죽음만큼 깊은 늪 속으로
가라앉는 것처럼
자신의 모습이
작아져 가는 걸
느낄 수 있다
위축된 내 행동
자신감 없는 어설픈 내 모습
꽃을 보아도 이쁜 줄 모르고
새소리가 시끄럽게
들리는 날도 있다
이럴 때는 인생 리셋이 필요할 때다
몸에 에너지가 방전되어 있으니
자신감이 생길 때까지
아무 일도 하지 않고
가만히 기다리면
샘물에 물 고이듯이
자신감과 용기가 생기면
그때 나서면 된다

2023. 6. 16.

산장에서

하루 장사 끝난 파장이라

막걸리 한잔할 요량으로 햇살은 주막집 들여다보듯

서산마루를 기웃거리고 해 질 녘 바람은 나뭇잎을 흔든다

산마루 산장 대청마루에 앉아

모처럼 일가친척이 모여

그동안 못 보았던 정 나누며 술잔을 기울이니

그 웃음소리 이야기 소리가

하늘에 메아리가 되니 그 분위기 즐기고파

저 산 넘어 신선이 구름을 타고 와

같이 한잔하자고 찾아올 것 같고

잘 쌓아 둔 돌담을 바라보니

세련된 석공의 땀방울마다

한 단 두 단 쌓이는 모습이 눈에 선하고

돌담길 따라 마실 길 나선 포도 넝쿨 아래

콩알만 한 포도알이 맺혀

석양빛에 형제들끼리 장난 놀이를 하고 있다

태양의 뜨거운 맛에 시건이 들면 머리에 먹물이 들겠지

저녁놀이 서쪽 하늘로부터 물들어 오면

가슴으로 번져오는 형제의 사랑이 있다

2023. 6. 19.

유월의 햇살

유월 말 땡볕은
땡초를 볶아 놓은 듯 맵다
장마가 올라오면 제 세상 아니라고
권력 있을 때 유세 부린다고
앞뒤 없이 설쳐대는데
우선 급한 것은 피하는 것이 상책이라
나무그늘로 참새는 피신을 가
그곳도 더운지 숨을 헐떡이는 소리가
나뭇잎을 흔들고
마른 땅에 선 옥수수 잎은
새끼를 꼬아놓은 듯이
시들하게 배배 꼬여 있다
콩 모종하러 갈까 하고
방문을 나서려고 하니
강렬한 햇살이 외출금지 카드로
경고장을 날린다
일사병으로 쓰러져도
원망하지 말라고 말하네
그럴 수도 있겠다 싶어
방으로 들어와 시간 가기만 기다린다
비둘기 나무 위에 앉아 있어도

마음은 콩밭에 있다고
내가 바로 그 꼴이네
오전에 일하고
빨랫줄에 빨아 널어 둔 작업복이
마른 명태 걸어 둔 듯
뻣뻣하게 말라 있는 걸 보니
덥긴 덥나 보다

2023. 6. 19.

마음이 외로움을 탈 때

비가 온다
유월의 여름비가
훈련병 발걸음같이 토닥토닥거리며
거친 소리로 패널 지붕에 내려서고
그 발길은 한 걸음 두 걸음 천천히
내 마음으로 다가와
마음을 착 가라앉힌다
마음은 흩어진 상념에 조각들을
편 가르듯 고른다
이런 날이면 마음은 텅 비고
무엇으로 빈 공간을 채워볼까? 하고
돌담 쌓을 때처럼
이 돌 놓아보고
저 돌 고아 보고 하듯
이 생각 저 생각으로
마음에 구미가 맞는지 맞추어 보지만
딱 맞은 각도 없고
허전한 부족함으로 허덕인다
전깃줄에 비둘기 한 마리
비를 맞고 앉아 있다
집 나와 오랫동안 앉아 있었는지

털이 다 젖었구나
저 비둘기는 무슨 고민으로
저렇게 고독을 즐기는지 모르겠지만
동병상련의 찌릿한 느낌은 온다
무엇으로 뻥 뚫린 빈 마음에 공간을
시멘트 채우듯 단단함으로 채우고 싶은데
마땅한 방법이 없고
가을바람에 갈대 흔들리듯
마음은 중심 없이 흔들거린다
무엇인가로 채워야 하는데
딱히 정해진 방법과 수단은 없고
후들거리는 허전한 마음
뭔가로 채워야 한다는 강박 관념 때문에
우선 쓴 커피 한 잔으로
혹시나 그 마음 희미해질까 봐
병아리 물 먹듯 한 모금 두 모금
머금어 본다

2023. 6. 21.

유월의 햇살 아래

봄에 핀 사계 장미꽃은
다시 돌아오마 하고
인사하고 떠난 지 달포 만에
새순을 뽑아 들더니
여름 땡볕에 맞서
햇살보다 더 곱고 부드러운 색깔로
꽃대를 뽑아 올리고 배시시 웃는다
각자의 개성대로 느낌대로
자연에 조화를 부린다
노란 장미꽃은 계란 노른자를
빼 온 듯이 진한 색깔로 뽐내고
연분홍 빛깔 사계 장미는
이팔청춘 아가씨 웃는 입술같이
고운 빛깔로 본새를 부린다
보이지 않는 시샘에 장독대 옆에 선
흰 백합꽃봉오리가 한마디 하려고
꽃잎을 삐죽거리는 폼이
참새 주둥이같이 작은 입을
꼬물거리는데
그 말뜻을 그 아랫집을 짓고 사는 개미는
아는지 모르는지

부지런히 먹을 것을 짊어지고
오르락내리락거리고
어제 하지 생일 지난 태양은
청춘에 힘을 아는지
하루에 조금씩 일하는 시간을 줄여가고
나뭇가지에 올라앉은 청개구리는
더운 날씨에 목이 마른지 물 청하는
목소리가 간간이 들리고
풀숲에 개구리 아가씨는
저녁 무도회에 입고 나갈 이쁜 옷을
입어본다고 난리네

2023. 6. 24.

유월 마지막 휴일

창호지 바르듯 시간은 세월에
하루하루 풀칠해서 부쳐가고
어느덧 올 한 해도 반을 접어간다
유월이 막 가는 노는 날 아침에
옆집 아저씨는
아침을 먹고 나왔는지 어떤지
담배 한 개비 피워 물고
봄날에 잔디 불붙을 때
피어나는 연기처럼 빨아드린 들숨에
시원하게 날숨을 뱉으면
모락모락 연기가 꽃송이처럼 피어오른다
그러면 그 연기 따라 골치 아픈
현실이 모깃불 연기에 모기 쫓겨나듯
고민이 도망가는지 몰라
유월 한 달 내 방긋 웃던 접시꽃도
마지막 담배 한 대처럼
딱 한 송이 남은 꽃으로
유월을 넘기려나 보다
오늘부터 장맛비가 온다고 했는데
남해안까지 왔는지
연락병 운무가 먼 산을 자욱이 가리고

뒷산에 뻐꾸기는 얼른 지붕 수리하자고
서방님을 찾아서 야단이다
어젯밤을 화목하게 잘 지냈는지
앞마당 참새 부부는 서로 먹이를 먹여주고
받아먹는 모습이 너무나도 다정해 보이고
행복해 보인다
숲속에서 나온 흰나비 한 마리
이 꽃도 싫다 저 꽃도 싫다
모두 다 제쳐 두고 나풀나풀 날아가는데
몸짓이 가벼운 걸 보니
먼 곳에서 오시는 님 마중 가나 보네
농번기도 끝나고
모처럼 여유로운 오늘
그동안 잊고 지냈던
산 밭에 가서 늦어서 몇 개나 있을지 모를
매실도 수확하고 심어둔 호박이
살아서 꽃이라도 피었나 하고
구경 가 봐야겠네

2023. 6. 25.

백합

꽃봉오리가 생기고 한 달은
더 기다린 것 같다
하얀 그 속살에 절개가 그리도 높더나
빗물에 바위가 금이 가 깨지듯이
눈에도 안 보일 만큼
천천히 벌어지는 꽃봉오리는
모진 고문 끝에도 말 안 하는
충신의 입보다도 더 무거운 것 같네
흘러가는 세월에 햇살이
수도 없이 파고들고
별빛 달빛이 헤아릴 수 없을 만큼
젖어들어도 변함없고
참새 소리 뻐꾸기 소리 스며들어 유혹해도
오로지 한마음으로 피어나는 일편단심 흰 백합
네 모습은 시중 잡배가 객기 부린 오기로
태어난 선비의 고집인가
너는 아마도 충신에 피가
대대손손으로 흐르는
절개 높은 후손일 거야
매일 아침이면 네 모습 바라보지만
너의 행동 신중하기 그지없다

오늘도 내일의 설렘으로
너를 바라본다
내일 아침에는 작게 변화된
네 모습이 궁금해 기다려진다

2023. 6. 25.

장맛비와 마음

날 다 새어가도 안 일어난다고
시어머니 용심 같은 장맛비는
이른 새벽부터 양철지붕을 세게 두들겨 패대고
농사일로 지친 몸은 그래도 안식을 구한다
그래도 습관이 무섭다고
못 누워 있고 평상시 모양대로 일정을 짠다
내리는 장맛비는 강약을 조절하며
장기전에 대비해 숨 고르기 하고
산마루마다 설치된
임시 뜨내기 안개 놀이터엔
숲에 수많은 어린 요정들이 북적북적거리고
손님 끄는 현수막이 요란하게 펄럭인다
아이들 요정은 놀이기구를 타고 미끄럼틀도 탄다
함성소리 웃음소리가 난리다
요정들 노는 모습이 귀여운지 우스운지
간간이 산속에서 산새들의 웃는 소리가 들린다
비가 와 일 못 나간 참새 아지매들
방앗간 대신 닭장 옆에 삼삼오오 모여
수다 타임을 가지는지 종알종알 대는 소리가
부산 자갈치 시장 소리만큼 시끄럽다
아침 인사라 합시고

매일 마시는 심심초 같은 커피 한 잔

첫 목 넘김을 하니

카페인이 마른 논에 물 번져 가듯

도미노같이 연쇄 반응으로

몸 곳곳에 전달되고

한순간 작은 평화를 느낀다

마른 햇살 아래 그렇게 땡볕으로 공격해도

하루에 눈곱만큼 벌어지던 백합 꽃잎도

하룻밤 장맛비의 만리장성 꼬드김에

훅 넘어가 오늘은 나팔 주둥아리보다 더 큰

꽃잎을 벌리고 벌,

나비를 향기로 호객하는 모습이 천지개벽이구나

어제와는 천양지차인 백합꽃의 두 얼굴이네

나도 올해 첫날 시작한 장맛비 아침에

커피 한 잔 하면서 오늘은 무슨 놀이를

어떤 수를 놓아야 장마철 지루 안 하게

잘 보낼까 하고 이 생각 저 생각을

빨랫줄에 빨래 널듯

하나씩 늘어놓아 본다

2023. 6. 26.

포용의 힘

비 오는 날 우산을 들고
낙동강에 물 구경 와서 서 있다
이끌어 가는 앞서가는 물도
밀고 내려가는 뒷물도
그 물이 그 물 같은데
그 속은 알고 보면 제각각인 것을
우리는 그저 눈에 보이는 대로
퉁 처리해 하나로 보고
느끼고 생각한다
마음에 따짐이 없이
받아들이니 그럴 것이다
모든 것을 포용하고
나라는 작은 고집이 없으니
저렇게 평온하게 흘러갈 수 있을 것이다
행복 그거 별것 없다
아집만 없으면 되는 저 강물처럼
나의 고집만 없으면
너와 나의 소유 구분이 없고
구분이 없으면 이해타산이 없으니
늘 행복해질 수 있는 비결은
바로 여기에 있다

도시를 쓸고 닦고 흘러온 저 강물 속에
인간의 오욕칠정이 다 녹아 있고
욕심을 가진 자와
욕심을 버린 자의 눈물도
함께 있으리라
거미줄에도 빗방울이 걸려들 듯
인간이 수많은 욕망을 널어놓고
공들이면 이룰 수 있는
꿈들도 많겠지만
흘러가는 강물은 새로운 판을 짜준다
어제 있었던 일도
다른 도시에서 있었던 일도
아무런 표시 없이 모른 체하고
바닷속으로 숨어들어도 존재의
내 새움이 없는 그대는
최강의 강자이다

2023. 6. 26.

번개 천둥 치는 밤

어둠은 짙어져 밤이 되니
고된 하루 일을 마친 삼라만상은 한 마리 나비가 된 듯
잠에 취해 꿈길 속으로 홀리듯이 너울너울 춤추며 간다
번개가 천둥 열차를 타면 신이 난 천둥 열차는 동서남북으로
순식간에 왔다 갔다 하며 제비뽑기를 한다
당첨 소리 팡파르를 연신 터트리고
축제 분위기를 신명 나게 돋운다
여름날 밤비는 천둥 노랫소리로 강약을 조절하며
발레리나가 피아노 건반 위에서 춤을 추듯
떨어지는 빗방울이 낙숫물 소리로
숯을 씻듯 어둠을 씻고 씻어가고
나는 나의 번민과 고민을 해탈하려고
연필 깎듯이 이 생각 저 생각을 깎아낸다
저 밤비가 먹물같이 짙은 이 어둠을 어린아이 이같이
하얗게 닦아내는 것이 빠른지 지우개로 글 지우듯
내 머릿속 상념을 지움이 빠를지 내기를 걸고
시간과 세월이 콧노래를 부르며 여유를 부리고 있구나
그러면 나는 누구의 편이 되어
이 밤을 지키는 촛불이 되어
가물가물 타들어 가는가?

2023. 6. 28.

비 오는 날의 생각

이 산 넘어 구름이 올라서고
저 산 넘어 구름이 장날 장 보러 온 장꾼들처럼
몰려들어 우물쭈물거리다가
번갯불을 신호로 천둥소리가 하늘을
둘로 가르며 비 내려간다고 외친다
몰아치는 빗속을 가다
좁은 길에서 우산과 우산이 마주쳐
새로운 인연을 만들어 주고
그 인연 연결고리 오늘도 이어지니
인생길 평생 벗이 되더라
비 오는 날이면 그날이 생각난다
사나이 눈물같이 굵은 소낙비
이별에 눈물 같은 감성이 있는 이슬비
낭만이 있는 사람 머리 위에만 내리는 보슬비
이런 비 오는 날이면 은근슬쩍 또 한 번
뜻이 잘 맞는 좋은 친구를 만났으면 좋겠다는
설렘에 희망이 생겨난다
그래서 오늘도 비가 와도
기분 좋은 하루를 열 수 있어
비 오는 날도 운수 좋은 날이다

2023. 6. 29.

복숭아

아지랑이는 따스한 봄빛을 찾아
술래잡기를 하고
청산에 새들이 때가 왔다고
짝을 찾아 노래도 하고
춤을 추며 서로 희롱할 때
어느 날부터 벌, 나비가 날아들 듯
한 송이 두 송이 피기 시작한
봄꽃이 만발해 피어 있을 때
참 이뻤다
촘촘히 매단 꽃잎이
봄바람에 향기를 흩날릴 때
그 대답은 설렘이었고
가슴은 기대감으로 벅찼다
벌 나비가 네 곁에 머무는 이유를 알았다
시간이 흘러 봄빛은 억세지고
내 존재가 희미하게 잊혀갈 무렵
유월의 땡볕 아래서 튼실히 자라나
생기가 넘치더니
언덕에 굴러 놓은 돌처럼 빠르게 성숙해
어느새 세상에 눈길을 모으고
관심을 집중시키는 모습으로 서서히 변해가고

저녁 석양에 노을빛을 머금은 그 이쁜 모습

그대로 익어가는 복숭아는

천상에 향기로 네 이름을 부른다

장마철 호박 넝쿨 커가듯 유혹에 이끌림은 커가고

나도 몰래 한 걸음 두 걸음 다가가

생각 없이 본능적으로 손이 먼저 가

한 입 베어 물면 그 단맛 향기는

맛에 천국 즐거움에 빠져들고

그 맛에 행복감은

기억 속에 소중한 보물로 저장되어

네 이름만 불러도

그 맛이 쏜살같이 달려와

행복감을 준다

2023. 6. 30.

세상사 마음대로 되나

기도나 바람, 믿음만으로
원하는 것 이룰 수 있고
가질 수 있을까?
모르는 게 세상살이더라
민들레 씨앗도 바람이 아무리 거칠게 협박해도
아무 바람이나 올라타고
먼 길 나서지 않고
인연의 숨결이 좋은 느낌이 다가올 때
몸을 싣고 여행을 떠난다
꽃봉오리가 둥글게 부풀어 있다
빗물이 달콤함으로 유혹하고
햇살이 강력한 매력으로 유혹해도
꽃잎 안 벌리더니
밤이슬이 들려주는 별빛 사랑 이야기 꼬드김에
잠겼던 꽃잎 술 살짝 벌려보고
살만한 세상이다 싶으니
활짝 꽃잎을 벌린다
이 궁리 저 궁리 천하에 묘수 다 가져와 봐도
인연에 매듭 억지로 엮기 어렵고
구름이 있다고 해서 아무 곳에나 비가 되어 내리나
때와 장소가 맞아야 내리지

세상사 일 원한다고 다 되고 싫다고 안 되나
모든 일이 인연에 순리대로 이루어 가는 것을
오늘도 내 뜻대로 일하러 간다만
내 생각이 맞을지 아니면 틀릴지
확률은 반반인데
그 결과는 운명만 아는 비밀이겠지

2023. 7. 1.

노래방

저녁으로 허기진 배 채우고
하루 고단했던 시간 지우려
반주 삼아 마시는 한잔 술이
주고받는 이야기가
기차 꼬리만큼 길어지면
이차로 술자리를 옮긴다
길거리를 나서면
화려한 화장을 한 네온사인 불빛은 오라고 이름표를 내밀고
요염한 불빛의 화려한 몸짓에 이끌려 들어서면
노래방 화려한 불빛은 한번 놀아보자고
흥이 나는 발장단으로 내 손을 잡고 흔든다
음악 소리는 들뜬 가슴에 펌프질을 한다
술 한 잔 걸치고 마이크에 너도 한 번 나도 한 번
마음에 울리는 소리를 흘려보내면
노랫가락은 기세가 등등하게 술잔 속으로 빠져들고
몸은 나비가 된 듯 살랑살랑거린다
살면서 얽히고설킨 감정이
한 올 두 올 슬슬 풀려나오고
한 잔 두 잔 술잔이 목까지 차오르면
어제와 내일은 없고 현재의 쾌락만 있을 뿐
너와 나도 구분이 없고

짧고 짜릿한 천국에 맛에 어느새 하나가 된다
가슴이 말하고 싶은 그 에너지는
중국집 국수 가락 뽑아내듯
쉼 없이 뽑아내면 흥은 시들해지고
가슴 한구석에서 빈 구멍이 보일 때쯤
집으로 돌아오면
발걸음이 허전하다

2023. 7. 2.

세월은 사기꾼

무더위와 장마철이 씨름을 하는 칠월
오늘 날씨는 구름이 태양에
바짓가랑이를 잡고 앞길을 막고서 엎치락뒷치락이네
늦은 아침까지 실랑이를 벌이는 걸 보니
구름 속에서 태양이 부화가 끓어올라
그 열기로 습도가 높은 찜통더위 하루가 되겠구나
나도 들로 나가 부지런한 농부가 될까?
오일장 구경이나 하며
유흥을 즐기는 한량 노릇이나 할까?
유혹에 미련은 꾸역꾸역 올라와 우물쭈물거리고
옆집 대문간에 포도나무는
인간의 욕심만큼 많은 포도 알맹이를
매달고 하나도 버림 없이 알뜰살뜰 키워
윤기 나는 구슬알만큼 자라나
인간에 마음마저 빼앗아 보겠다고
흑심을 품어간다
아침 일찍 이쁘게 꽃단장을 하고
핀 호박꽃이 향기를 흘리면
아침잠 들깬 벌 한 마리
그 꽃잎 속으로 파고든다
벌이 한 바퀴 돌고 돌아 나오면

꿈을 이룬 대박 난 호박꽃은 뻥튀기하듯
내일 아침부터 앞만 보고 내 달리겠지
빗자루 끝에 쓸려 나와
마당 끝에 자라고 있는 저 봉숭아 꽃이 피어
여름 저녁노을을 물들여 갈 때쯤에
서쪽 하늘 끝에서 부채질이 시작되고
가을바람은 코스모스 꽃잎을 타고 와
어화둥둥 꽃놀이패로 한세월 잘 보내고 나면
세월은 청춘에 단물만 빼 먹고
온다 간다는 소리도 없이 사라지고
나는 세월의 사기꾼 농간에 속아
황량한 겨울에 문턱에 서서
그제야 폭삭 속은 줄 알았지만
이미 그때는 어쩔 수 없이
시간에 이끌려 가는 노예
우짜면 좋노
세월아 메아리도 묻는 말에 대답하고
산새도 때가 되었음을 말해주는데
세월아 너는 꿀 먹은 벙어리가?
말 좀 해다오

2023. 7. 3.

제 사

해마다 돌아오는 그 날
올해의 날씨는 우리 아버지 제사상에
물고기 올려준다고 밤비는 마당에
긴 낚싯줄을 연거푸 던지고 후드득 물고기를 몰아간다
산속에서 하안거 중이던 불나방도
전생에 인연이 있었는지 모여들고
고소한 전에 시큼한 막걸리 한 사발 하겠다고
하루살이도 모여들고
모기란 놈도 보시 좀 하라고
옆에 와서 앵앵거린다
칠월의 여름밤은 불청객도 많고
여름철 하룻밤은 몇 번이나
주인이 바뀌는지 모르겠다
유혹을 못 참고 불빛 속으로 날아들어
청춘을 날려 먹는 미물들의 삶도 한세상이구나
제사상에 밝혀 놓은 촛불이
한 자루에 붓이 되어 어둠을
화선지 삼아 마음에 담아 둔 그림을 그리고
한잔 따르는 술잔 속에 아버지 어머니
웃는 얼굴이 떠오른다
진심으로 부모님에 명복을 빌어 본다

형제의 얼굴에서 아버지 모습이 어스름하게 보이고
여자 형제 얼굴에서 어머니 그림자
흔적이 남아 있는 것 같아
형제자매는 한 뿌리에서 나온 콩알 같은 느낌이 드네
일 년에 한 번쯤 근원을 찾아
떠나는 시간 여행은 삶을 야무지게
살 수 있게 하는 힘을 주는 것 같다

2023. 7. 3.

고독한 노인의 희망

무더운 칠월 날씨도 더운지
그 열기를 식히려 비가 온다
내리는 비는 땅도 촉촉이 적시고
내 마음도 촉촉이 적신다
비 오는 날이면 괜스레 마음은 울적해지고
외로움에 몸살을 한다
세월 탓인지 노쇠한 몸 탓인지 모르겠지만
언제쯤 어디쯤 가면
청춘이 남기고 간 짙은 그림자
이 마음에서 지울 수 있을까?
노래하는 새소리를 들어도 그렇고
이쁘게 피는 꽃을 봐도 그렇고
욕심이 나이를 잊고 사랑 타령을 한다
그립다는 것 누군가를 보고 싶다는 것은
나 혼자서 세상일 감당 못 하고
누구의 관심이 필요한 것
홀아비의 고단한 삶이
눈물에 젖은 것처럼 마음이 흔들린다
가벼운 빈 주머니는 마음을 이랬다저랬다
수도 없이 뒤척이게 하고
몸과 마음이 위축되어 간다

빗물이 먼지를 씻어가듯
빗방울 소리가 덮어 뒀던 내 마음에
껍질을 한 겹 두 겹 벗겨낼 때
나의 본심 외로움이 드러나고
포대기 터진 나락 알처럼
감당 못 할 정도로 쏟아져 나오는
내 서러운 감정들이
눈물로 바꾸어 먹는 밤은
텅 빈 방 안에 켜놓은 촛불처럼
삶에 의지는 가물거리고
나 자신을 통제를 못 하고 방황을 한다
어디쯤 얼마나 더 가야
이 고독함, 외로움이 그치고
나 홀로 설 수 있을까?
인생에 열정은 태풍처럼 불어와
그 에너지 다 하고
잔바람조차 없는 이 노년에
이 한밤 자고 나면 아침 햇살 퍼지듯
기적처럼 희망의 욕심이
온몸에 퍼지면 좋겠네

2023. 7. 5.

인생과 아픔

하늘에 별도 달도 없는 밤
산짐승도 들짐승도 다가올
두려움에 움직임이 없다
다친 상처는 새살을 채우겠다고
아픈 부위를 팍팍 긁어대고
이슬이 물동이를 채우듯
조금씩 상처를 감싸
나오는 새살이 고통을 밀어내는 소리는
천둥소리보다 더 크고
소낙비 소리보다 더 크다
고통이 주는 느낌은 천지가 개벽하는
느낌이고 이제나저제나
새벽이 오길 기다리는 장닭 모양
몸이 전달하는 상처에 아픔을 뇌로 전달해
오만 가지 형상을 다 만들어 낸다
아픔을 느끼는 강도가 젊음의 상징이라 했던가
이 상태가 지속된다면 불로초 구한
진시황제가 된다고 해도 나는 싫어라
고통이 실험하는 인내의 한계치가 너무 싫다
삶이 주는 오욕칠정의 맛 중에
통증에 맞은 극한을 요구하기에

겁이 나 피하고 싶다
삼라만상이 잠든 이 밤 잠시 눈 붙이고 나니
통증의 성화에 못 이겨 잠에서 깨어나고
통증은 해결책을 찾으라고
사채업자처럼 갈군다
떼어 낼 방법은 없고
오직 시간만이 해답을 알고 있다
허망한 도가 될지
대박 나는 모가 될지
운명만이 아는 사기도박 인생사
속는 줄도 모르고
속고 정답 없이 사는 인생에 운명
시작도 울음에 눈물로 시작해
푸른 별의 꿈을 찾아 헤매다
고통에 눈물로 속고 산 우여곡절
인생이 불쌍해 통곡하다
떠나는 인생의 기나긴 여정이여
살아보니 매정한 것이 시간이고
무서운 것이 인생인데 그대는 그 무엇을
움켜쥐고 놓지 않는가?

2023. 7. 9.

꽃잎에 사랑 편지

달빛을 연필 삼아 새긴 꽃잎 편지
오늘도 님 못 만나 못 전했는지
쓴 꽃잎 편지 구겨버리고
밤새도록 연구해 아침이면
새 꽃잎에 또 다른 가슴에 맺힌 말을
글로 편지를 쓴다
누굴 사모해서 쓰는 편지이기에
이다지도 애절하고 간절할까?
오늘도 구름 낀 하늘은
장맛비로 오락가락하며 꽃잎을 희롱하는데
땅에 떨어지는 물방울은 꽃잎에 눈물인가?
빗방울에 땅 울림인가?
오늘도 새 꽃잎으로
지난 고민 다 감추고
아무 일 없다는 듯이
꽃단장하고 방긋 웃고 서 있네
어젯밤 비바람에 허리마저 굽어
바로 일어서려는 힘겨운 네 모습
하나도 안 약한 것처럼
군가라도 부를 듯이
씩씩하게 서 있는 모습

참 보기도 좋다
그래도 오늘 아침에
노란 희망에 꽃을 피워 올린
달맞이꽃아
행여나 님이 널 찾아와 못 보고 갈까 봐
혼신에 힘을 다해
피어 있는 꽃
너의 그 예쁜 기다림에 마음
그 누가 몰라 줘도
나는 그 마음 알 것 같네
오늘도 내일도 그 사모하는 마음
하늘에 닿을 때까지
그 뜻이 이루어질 때까지
사다리를 걸쳐 놓고
한 계단 두 계단 용을 쓰며 오르고
그 힘이 다할 때까지
너의 의지로 올라가겠지
나도 너의 순수한 열정에 사랑 부럽다
그래서 꽃잎에 사랑 편지 응원한다

2023. 7. 13.

인생은 여행길

구름 속 햇살은
삐져나오려고 발부둥치고
구름은 햇살 가리기에 급급하다
오늘 빈 창공에 주인은
까마귀 까치인지
서로 부르고 답하며 날아다니고
제 세상이 아닌 걸 아는 참새는
나무 그늘 아래서
자기네들끼리 속닥거린다
변화를 바라는 세상에
작은 미풍이 일어
시간을 움직이고
좋든 싫든 현재의 권력은
그 대세에 떠밀려 가고
새로운 기운이 떠밀어 낸 자리를 차지한다
언젠가는 나도 이 자리에서 떠밀려 가겠지만
욕심이 내 영역을 표시하고
주인 행세를 한다
실과 바늘처럼 삶과 운명이
한 짝이 되어
세상을 돌고 돌아 시간 여행을 하다

그들의 이별 순간은 죽음이다
삶이 가루가 되어 흩어지면
이 가루가 다시 의기투합해
새로운 형상에 모습으로
인연이 맺어질 때
운명은 윤회의 수레바퀴를 굴린다
이미 시작한 삶 중도 계약 포기는 없다
포기는 전부를 잃는 것이니까?
오면 오는 대로 가면 가는 대로 내게
주어진 만큼 주어진
장난감을 가지고 놀다가
때가 되어 돌아갈 때
돌려주고 가면 되지
주인도 아닌데 빌린 장난감에
뭔 미련이 그리도 많나
인생은 잠시 머물렀다가 떠나가는
여행길인 것을

2023. 7. 9.

장마 구름

장마철이라 어제도 오늘도
온종일 비가 내렸다 그쳤다를 반복하며
땅 사정을 살펴본다
마른 도랑에 물 흘러가는 소리는
입 가벼운 동네 아지매 자기 자랑하듯
큰 소리로 우당탕탕 울리며 지나가고
잠깐 비 그친 푸른 산골짝에
안개의 현란한 춤사위가 흥에 겨워
하늘까지 길을 이어가면
노송 위에 둥지를 틀고
신선을 기다리는 학은 마음이 들떠
기대 찬 희망에 노래를 부른다
물 가득 찬 논배미에 메기가 하품을 하면
놀란 미꾸라지는 용솟음을 치고
그 모습이 우습다고
벼 잎은 살살 꼬리를 흔들고
지루한 일상 속에서도
나름대로 재미를 느끼고
사는가 보다
산 넘어 하늘에는 장마에 지원군
커다란 구름이

군함같이 큰 배가 되어
태평양에서 물을 가득 싣고
하나둘 줄지어 도착하고
그 많은 물 어디에다
부어볼까? 하고
간을 보네

2023. 7. 15.

지루한 장마

몇 날 며칠째 햇빛 구경 못 했다고
매미가 땡깡 부리듯
억센 목소리로 시위를 하면
장맛비가 바람까지 동원해
강하게 응수하고
매미 소리는 빗소리에 씻겨 떠내려갔는지
금세 조용해지고 자칭 한량이라고 칭하는 나도
비가 와서 며칠째 마실 구경을 못 가고
집에만 있으니 좀이 쑤셔 더는 못 참고
친구에게 전화해
점심 약속을 잡고
우산을 방패 삼아
비 화살을 막아내며
춤꾼이 춤추듯 가벼운 발걸음이
신이 나 리듬을 탄다
그동안 대화를 못 해서 입이 근질거려
못 참고 방앗간에 모인 참새 모양
몇 시간이고 장소를 옮겨가며
밀린 이야기를 원도 한도 없이 하고 나면
헤어져 돌아오는 길은
텅 빈 깡통같이 속이 허전하다

남의 말 많이 듣고 내 말은 적게 해야 좋은 사람이 되는데
아직은 좋은 사람이 못 되나 보다
비가 오든 말든 시간은 꽃을 피우고
벌, 나비 안 찾아주는 꽃잎은
먼 길 갔다 오랜만에 돌아오는
서방님 기다리는 아낙네 모양
목을 길게 빼고
이제나저제나 하고 기다리니
학 목처럼 가늘게 길어져
비바람에 부러질 듯 흔들거리고
몇 날 며칠이고 비가 내려
일 못 한 벌, 나비 허기져
삼복 더위를 무슨 방법으로 이기고
그동안 밀린 일은 누가 해 주나
장맛비야 인간이 세상을 함부로 써
때를 많이 묻혀 놔
빨래한다고 고생이 많구나
한 번에 깨끗이 다 빨지 말고
쉬엄쉬엄 쉬어가며 세탁하렴

2023. 7. 17.

장맛비와 삶에 철학

장맛비는 천지개벽을 꿈꾸는지
몇 날 며칠이고 쉼 없이 비를 퍼붓고
아직도 양에 안 차는지
빗방울을 키우고 있다
지나가는 가게에 상중이란 큰 글씨가 눈에 들어오고
누가 죽었을까? 하는
큰 물음표가 생긴다
마음이 착 가라앉고
이 생각 저 생각이
오락가락 노를 저어가고
그 나룻배가 머물 곳은 어디쯤일까?
아무 생각도 없이 나도 모르고 산 세월이
한 해 한 해 나이가 더하니
문득문득 삶에 의미를 묻는다
커다란 연잎은 무슨 까닭으로
빗물 한 바가지 받았다 부었다를
반복하여 저울질하고
연꽃 송이는 돈 자랑하듯
뭉텅한 꽃송이를 연잎 위에 올려놓고
존재감을 과시한다
군락을 이루고 경쟁하듯

요란하게 핀 참나리꽃은
눈물인지 빗물인지
물방울을 꽃잎 끝에 매달고
사색 깊은 철학자처럼 고개 숙여
깊은 생각에 빠져 혹시나 하고
때를 기다리고 서 있고
농번기에 열심히 일했던 일꾼들
잠시 쉬어가라 하는
장맛비는 매일 오고
오일장 선술집에
장정들이 삼삼오오 모여
고기 굽는 고소한 냄새가
빗속을 피해 날아가는 연기를 타고
이 사람 저 사람들을 호객하고
슬그머니 나도 한자리 차지해
숯불에 세월을 구워
세상만사가 손바닥만큼
작아질 때까지
한 세월을 즐거나 볼까?

2023. 7. 18.

홍 수

하늘은 햇살 한 점 스며들 틈 없이
완전히 구름으로 덮이고
구름 천지 세상은
장마가 판치는 니나노 세상으로 변하고
장마가 기운이 드세면 호우가 되어
온 세상 구석구석 다 뒤져
결벽증 환자 청소하듯
빡빡 문질러 닦아
본살이 다 나오도록 씻어
시간 속에 쌓인 때를 밀어낸다
때 씻은 물은 이 골짝 저 골짝
내를 이루고
버려야 할 것들이 흙에 속살
누른 황토물을 뒤집어쓰고
산을 나서고 들을
지나다 보니 온갖 것들이 뒤섞인다
세상을 바꿀 수 있는 세력
큰물이 되면 강바닥을 뒤집고
만만한 곳을 고래 뱃속같이
물속으로 삼키고 둑까지 차올라
갈 길을 방해하는 장애물을 무너뜨리고

제 갈 길을 제 마음대로 간다
앞길을 막아서는 산이고
밭이고 집이고 할 것 없이
거침이 없고 막힘없이 흘러가는
그 도도함은 시간과도 같고
누른 황토물은 세월과 같아
세상사 모든 희로애락을
똘똘 말아
어떤 이유도 핑계도 없이
바다로 향해 타협 없이 돌진해
나아가는 것이 실패를 두려워 안 하는
뜨거운 청춘에 삶같이
거침없는 홍수여
지나침은 부족함보다
못하다는 걸
너는 배워야 할 거다

2023. 7. 19.

욕심

어젯밤 잠들며 불만족도 만족으로 다 채워
모든 것이 끝난 줄 알았는데
자고 나니 피로감이 사라지고
기운이 물차 오르듯 차오르니
의욕도 물 위에 뜬 부포처럼
한발 앞서 떠오르고
욕심은 밀려오는 파도처럼
쉼 없이 마음을 찔러대고
진딧물 붙은 나뭇잎에 개미 기어오르듯
아침 햇살 퍼지듯 욕심이 온몸을 충동질한다
나무는 가만히 서 있고자 하나
바람이 불어와 흔들어 대니 안 흔들릴 수 없고

마음속에 삼라만상의 번민이 일어난다
파리 잡듯 하나하나 욕망을 잠재워가며
하루 일진을 살펴본다 우선 쉬운 것부터
맺힌 매듭 풀다 보면 풀리는 것은 풀고
안 풀리는 것은 그냥 못 본 채 넘어간다
삶은 지나고 보면 허점투성이기에
메꿀 수 있는 구멍은 메꾸고
못 메꾸는 구멍은 모른 채 지나 간다
그냥 물 흐르듯이 한 번 지나가면
잘 되었던 못 되었던 그만이다
인생이라는 것
알아지는 만큼이 내 몫이기에
모르고 지나는 것은 내 몫이 아니기에
헛욕심을 버리자
내 욕심도 벅찬데 헛욕심까지 챙기면
인생 그릇이 감당 못 한다

2023. 7. 19.

내가 살고 있는 세상

햇살이 석공 망치질로 돌 쪼개듯
구름을 조각조각 깨어 그 틈 사이로 얼굴을 비추고
지루한 장맛비에 지친 초목들이 두 손 들어 반기면
철 이른 시원한 바람은
박수 소리로 인사를 하고 지나간다
가을날 이삭 줍듯 나뭇가지에 앉은 매미가 쉬어가면서
햇살을 낚아 당기는
힘쓰는 소리가 세월에 응원가로 들리고
기나긴 장마가 지겹지도 않은지
같은 나뭇잎에 붙은 청개구리는
비를 청하는 주문을 외운다
어찌 같은 상황에서 입장이 다를까
타고난 천성은 바꿀 수 없는
천륜에 법칙인가 보다
이 세상은 각자의 개성대로
주어진 운명대로 그 성질 그대로
꽃 피는 세상이기에 우리는 그 아름다움을
내 생각 없이 있는 그대로
인정하고 받아들이면 되는
시간과 공간인가 보다

2023. 7. 19.

꽃의 일생

봄비가 촉촉이 내려
땅속까지 부드럽게 반죽을 해 놓으면
추운 겨울을 사랑에 믿음으로 이겨낸
종달새 두 마리가
젊음에 봄날을 녹여내고
봄 아지랑이가 들길 따라 소풍길 나설 때
봄바람도 어깨동무하며
봄날 청춘에 유희를 즐긴다
봄기운은 세상 절반을 가졌다고
외치고 다니고 고목나무에
봄 햇살이 귓속말로 유혹해
입김을 불어 넣으면
목석같이 굳었던 마음에
삶에 온기가 돌고
봄비의 부드러운 눈길에 참았던
새싹이 봇물 터지듯
생명에 힘을 주체 못 하고
단단한 겨울에 껍질을 깨고
봄바람에 선을 보이던 날
땅을 고르고 꽃씨를 뿌렸더니
별빛이 주는 희망과

흙이 속삭이며 전해 준
생명에 알약을 먹고
기운차게 돋아나
하나둘 떡잎을 자랑하더니
어느 날부터 하늘을 향해 달리기 경주하듯
자라나더니 군락을 이루고
초여름 땡볕이 익어가던 날
새색시 시집가듯
기쁨으로 가득 찬 꽃봉오리가 생겨나
기대 찬 꿈을 매달아 놓았고
그 꿈이 하늘로 향해
우산을 펴듯이 봉긋하게 솟고
꽃잎이 사르르 피어 올릴 때
정말 이뻤다
물감이 물에 풀리듯
이쁘게 이쁘게 물들어 가는
꽃잎을 보고 있으면
청춘에 시간 다 주어도 아깝지 않으리
시간이 인생에 삶을
한 껍질 두 껍질 벗기는 줄도 모르고
향락에 빠져 이쁨과 행복만 느끼고 살았는데

어느 날부터 장맛비가 끝없이 내리고
그 비에 어이없이 쌓아 놓았던 꽃잎에
사연들도 무너지고 잎새마저 마르고
젊음에 청춘은 흔적도 없이 씻겨가고
볼품없는 초라한 늙음이 흉한 모습으로 서서
앞길을 재촉하고
시간의 비정한 빗물에
희로애락의 감정 다 놓아버리고
생을 마감하고
우주의 윤회 굴레 속으로
빨려 들어간다

2023. 7. 22.

후유증

헤어진 사람을 앞에 두고
술 한잔을 마신다
아무 일도 아무 관계도 없는 것처럼
술이 한 잔 두 잔 더 할 때마다
미운 생각보다 마음 아픈 생각이 앞서고
아픈 마음 아픈 가슴 씻으면
보고픈 생각 지워지려나
애꿎은 술잔만 정을 붙인다
속절없이 밤은 깊어가고
내 마음도 모르는 취한 기운은 짙어 가는데
그리운 마음 표현할 길 없어
술잔만 기울이는구나
할 말 못 하고 그 많은 할 말들이
가슴속에 담고 있으니
걸음이 무겁고 마음이 무겁다
진짜 사랑은 말로 표현 못 하고
우황 앓은 황소처럼
혼자만 속 끓이다가
마는 짝사랑 편지인가 보다
보고 싶다 그립다 한들
혼자만의 군소리고 넋두리다

상대방은 식어버린
철없는 시절에 이야기로 취급하고
나는 현재의 내 이야기다
내 이야기를 진정으로 들어주는
참사랑만 붙들고
한잔의 술로
내 슬픔 이해해 주고
내 아픔을 다독거려 주라고 애원하지만
내일 아침이면
돌아서서 술은 앙갚음을 한다
쓰린 속 빙빙 돌리는 어지러운 머리
떠나간 사랑이나
한 잔의 술이나
나를 괴롭히긴 매한가지
외로운 나 쓸쓸한 나
누굴 의지하며 무얼 믿고 살아야 할까
실연에 그 아픈 사랑이
짧기는 해도 그 상처는 일생을 두고
새 살을 채우는구나

2023. 7. 24.

여름날 하루

매미는 나무 그늘 아래서
더워서 못 살겠다고
복지 대책 세워 달라고
떼 지어 릴레이로
합창 시위소리 안 끊어지고
참나무 위 까마귀 집에서도 더운지
얼른 피서 가자고
재촉해서 난리 났네
하늘에 구름마저
더운 햇살이 무서워 다 도망가고
하늘은 맑고 바다만큼 푸르고 깊다
뜨거운 태양은 모래알을 볶아
저녁 요기라도 할 요량인지
강 모래알을 소리 내어 구워대니
지글지글 김이 오르고
모래알은 뜨겁다고 돌아서 눕는다
수돗물 가에 참새는 물 한 모금 마시겠다고
숨을 가쁘게 헐떡거리며
물 한 모금에 하늘 한번 쳐다본다
바람이 놀러 왔다
더워서 밤나무 잎 사이로 숨어들어

숲으로 쉬러 갈 때
까가 머리 밤송이는
어제 다르고 오늘 다르게 고물을 채워 간다
울타리 따라 별을 따러 올라가는 나팔꽃이
새벽 일찍 정성을 다한 이쁜 꽃을 피워 올리면
따가운 햇살에 나도 모르게 단물이 다 빨리고
맥없이 시들어 늙어가고
분홍빛 배롱나무꽃은 더운지도 모르고
청춘에 기운이 펄펄한지
꽃봉오리와 꽃잎이 어울려
아리랑 춤을 추며 놀이판을 벌이면
지나던 벌 나비는
야바위꾼 손놀림에 호객 되듯
하나둘 모여들어 난전을 이루고
또 이렇게 우당탕 왁자지껄
탈도 많은 여름날 하루 시간은
일당벌이를 끝내고
뒷일은 나 몰라라 내버려 두고
제 홀로 집으로 가네

2023. 7. 25.

삶의 본질

번개처럼 내 뇌리를 천둥 치듯
때리고 지나가는 생각
불꽃처럼 반짝이던 기발한 그 생각
그 당시는 안 잊을 것 같고
필요하지 않은 것 같아
무심코 지나온 날의 경험인데
어느 날 그 경험이 꼭 필요해
더듬어 찾아보지만
영원할 것 같아 기억해 두지 않았는데
필요한 순간이 있어
그 생각 찾으러 이산가족 찾듯
애걸복걸용 써 보지만
그 생각 찾을 길 없고
그것은 지금 이 순간에
꼭 필요한 묘수였는데
놓친 고기가 더 크다고
아쉬움은 두고두고 가슴을 후벼 판다
잠시 딴 일 하다 문득 그 생각이 떠올라
다시 생각해 보면
님 찾아 떠나간 새색시처럼
그때 챙겨둘 걸 하는

아쉬움만 내 손에 보물처럼 쥐여준다
떠나간 배 안 돌아오듯
흘러간 시간 뒤돌아 안 보듯
무심한 세월은 인정도 없이 모른 체하고
망각 속으로 떠나버린 생각은
불러올 주문도 연락처도 없네
지나고 보면 삶은 늘 한순간에
양이 음으로 음이 양으로
둔갑해 변하는 찰나의 순간들
그 순간 선택이 길흉화복에 조화를 부리고
다시금 맹세해 보지만 또 다른 일은 당할 만큼 당하고
후회할 만큼 후회를 해야 한고비를 넘어가고
인간의 삶은 세월이 하루하루 날짜를 바꾸어 놓듯
늘 반복되는 크고 작은 실수들과 후회들
다시는 실수를 안 한다고
꼼꼼히 챙긴다고 맹세를 해도 작심삼일 인생
실수와 후회가 반복되는 인생
이것이 배움이고 인생 이야기고
삶의 본질인가 보다

2023. 7. 27.

이별 선언

이쁘고 예쁜 꽃이 보기 좋듯

아름다운 기억이 오래가듯

너를 사랑했던 것만큼

이별에 고통은 두고두고 마음을 괴롭혔다

욕심이 너를 안으니

내 마음은 가난해지고 비굴해진다

자꾸만 높아가는 너 콧대

너를 떠받쳐 줄수록

낮아만 가는 내 자존감

너와의 인연에 줄을 끊어

마음과 몸에 자유를 얻을까? 하네

너와의 인연도 버리고 못난

내 자존감도 버리고

바위에 뿌리박고 사는

굽은 소나무가 될지라도

내 당당한 본연에 색깔로

나를 표현하며 살고 싶다

잘 가라 한때는 내 인생에 전부라고

믿고 살아온

내 인연아

2023. 7. 27.

낮 잠

여름날 땡볕 햇살은
빵을 구워내듯 바싹하게 땅을 구워
고소한 흙 내음을 흩날리면
부지런한 개미가 집으로 물고 들어가고
그가 흘린 고소한 부스러기는 코끝에서 향기를 자극한다
몇백 년 전부터 동네 일기를 쓰는
큰 느티나무 그늘 아래 누워
매미가 들려주는 자장가 소리에 나도 몰래 따라나서니
꿀맛 같은 단잠이 젖어오고
산골 오지 마을 반 그늘 돌담 아래 달맞이꽃이
점 화장을 한 것처럼 참나리 꽃은 헤픈 웃음으로
마음 편히 다가오고
연분홍 봉숭아 꽃잎은 그 옛날 어린 소녀가
손톱에 물들이고 자랑질하던 꽃이 세월 속에 섞여
오늘도 피어 있구나
사람과 추억은 가고 없지만
봉숭아 꽃잎은 그 옛날이야기를
현재 이야기로 들려주고
나비 한 마리가 소녀 대신 찾아주니
시대도 변했나 보다

2023. 7. 30.

새벽안개

하얀 안개비는 새벽에 일어나
머루 넝쿨 담장 넘어가듯
어둠에 꼬랑지를 잡고
술래잡기를 한다
가는 세월은 처녀 총각 좋아하는 마음
채워 가듯 촘촘히 채워 가고
어느새 안개는
하늘과 땅 분간 없이 가득 찬다
오늘 한낮 더위는 매미도 기가
차 목청 깨나 높이겠다
새벽 잔치에 자기도 한몫하겠다고
올봄에 부화한 어린 장 닭이 암탉 들으라고
덜 트인 목소리로
어설프게 어른 흉내를 내고
그 모습이 우스운지 새벽 아기별이
깔깔거리며 웃다가 안갯속에 길을 잃고
파도 속에 멀어져가는 돛단배처럼
가물가물거리고
새벽잠 없는 우리 아버지 뭐하나 하고 보니
집안을 한 바퀴 돌며 한집에 사는 식구들
밤새 무사한지 안부를 묻고

마당 개는 같이 안 놀아 준다고
제 혼자서 꽁알꽁알거리고
아침잠에 취해 졸리는 목소리로
손자 녀석은 개소리 시끄러워
잠 못 자겠다고 조치를 부탁한다
대책이 없는지
할배와 마당 개는 골목을 나서고
어제 꽃망울 맺은 백일홍
사랑 고백받으러 해님은 벌써부터
동녘 하늘 붉게 물들이며 나타나는구나

2023. 7. 30.

노인

오늘도 날씨는 덥다, 날씨가 더우니 기운이 없고
일 할 의욕이 없어 움직임도 싫고
그냥 놀아도 개운한 감이 없다
물에 젖은 종이배처럼
무기력하게 떠내려갈 뿐이네
그래도 기본적으로 해야 할 일이 있기에
최대한 정신을 집중하고
꼭 해야 할 일만 대충 챙겨서 해 보지만
삶에 양념 즐거움이 없네
어디 인생이 잘 짠 비단처럼 곱기만 하더냐
불만 많은 가슴에 심금을 울리던 꽃잎도
햇살에 빛바래어 볼품없이 퇴색되어 가고
맑은 냇물에 물 기운을 받아
살아갈 것만 같던 돌 자갈의 영원한 생기도
물 마르고 나니 그저 흔한 이름 없는 돌멩이로
지천에 깔리고 너 아니면 죽겠다 싶었던
사랑도 세월 앞에 그 한 시절
아름답던 추억으로 밋밋해진다
그 참 세월은 어제나 오늘이나
그 무게 부피 질량은 한결같이 변함없는데
이내 마음은 눈 쌓인 나뭇가지처럼

세월의 무게가 느껴지는 까닭은 무엇인지

더운 여름이면 그늘이 좋고 추운 겨울이면 따뜻한 곳이 좋다

먹을 때 맛없는 것보다 맛있는 것이 좋은 걸 보니

인생은 편안하고 좋은 것만 갈구하다

물 마른 논벼처럼 욕구의 갈증에 허덕이다

밤이슬에 지고 마는 꽃잎처럼

세월에 분해되어 가는 삶에 꽃잎인가 보다

2023. 8. 2.

폭 염

시루떡에 콩고물 묻듯 시간에 햇살 가루가 묻으니
어느 날부터 개미집 짓듯이
인생에 삶이 동거를 시작해
하루하루 일기를 써 간다
절기는 한여름이라
땅은 익을 듯이 뜨겁고 조금만 움직이고 나면
땀은 목욕한 듯이 젖어들고
간간이 방송은 폭염주의보를 알리며
살아날 방법을 가르쳐 준다
덥긴 더운지 매미가 짝 찾는 사랑가 타령도
힘에 부대끼는지 쉰 목소리에
힘없이 부르고 눈치 빠른 나비가
날갯짓으로 님 불러주네
산소 옆 배롱나무는 미끈한 각선미에
젊은 청춘이 좋아할 분홍 빛깔 꽃잎으로
분위기 잡고 벌 나비 호객해 보지만
한창 더운 낮이라
그들 움직임 뜸하고
선풍기 돌아가는 소리
에어컨 돌아가는 소리만 이팔청춘이네
어쩌다 부는 남풍이 옥수수 꽃가루 흔들어 주면

청춘 남녀의 연애 이야기같이
할 말 많은 옥수수 알이 옥수수 수염을 타고 들어가
옥수수 대에 빼곡히 자리를 잡고
외할머니는 옥수수 수염 얼른 마르라고
평상에 앉아 설렁설렁 부채질하며
머릿속으로 언제쯤이면 손자 간식거리로
삶아 줄 계산하고 계시는구나

2023. 8. 6.

노인의 하루

청춘에 듣는 노래는
가슴을 녹여냈는데
노인이 되어 그 노래 다시 들어보니
감정에 기복 없이 그냥 그저 그렇다
칼은 갈수록 날카로워지는데
세월은 갈수록 감정은 무뎌져만 간다
그 흔한 오욕칠정도 무의미해져 가니
늙음이 무섭긴 무섭다
간이 커서 그런가?
몰라서 그런가
아니면 이판사판 세월에 시달려
깡다구만 남아 있는지
간 덜한 반찬처럼 무덤덤한 것이
감정이 무뎌지고 노년의 하루는
오늘도 머리에 이고 등에 지고 산 넘으러 가고
삶의 의욕인지 도를 행하는 길인지
분간은 없지만 농사일하러
아무 생각 없이 그냥 들로 나선다

2023. 8. 6.

태 풍

며칠 전부터 일기예보에 태풍이 온다고
동네방네 소문이 다 났다 오늘 아침부터 구름은 부지런히
하늘에 덧칠을 찐한 색깔로 한 겹 두 겹 시간 위에 칠하고
바람잡이 바람은 여기서는 나뭇잎 치맛자락을 펄럭이고
저기서는 꽃잎에 향기를 흔들어 이웃에 나누어 준다
언덕 위에 선 밤나무는 여름 땡볕이 장만해 준
가을날에 혼수품 밤송이를 잔뜩 싣고
세찬 바람살에 가지가 부러지는 줄도 모르고
좌우로 상하로 바람이 부는 피리 소리 마력에 홀려
광란에 춤을 추고 매미는 등에 업힌 어린아이처럼
나무에 딱 붙어 살아 볼 거라고
즐겨 부르던 노랫소리 대신 용을 쓰고 있다
덜 부지런한 김 서방네 물 받침대는 동네가 시끄럽도록
양철 소리를 낸다 밖에서 폭우가 세탁기로 빨래를 씻듯
쏟아지고 바람은 다시는 안 볼 듯이 인정사정 안 봐주고
닥치는 대로 긁어대니 살림살이 얼마나 남아나려나
굴속에 숨은 토끼처럼 방 안에 숨어서
큰일 안 생겼으면 하는 바람으로
이 밤을 뜬눈으로 함께 지새우고
간간이 이웃과 통화로 서로에 안부를 챙긴다

2023. 8. 9.

일편단심

시간은 새끼줄 꼬듯 입추 지나니 말복을 덧대고
한여름의 추억 뜨거운 정열도
대장간 붉은 쇠 불꽃 사그라들듯 식어가고
밤이슬이 뿌려대는 시원한 바람이
마음에 길로 나를 초대한다
작년 이맘때쯤 아비가 그랬던 것처럼
올해는 아들 귀뚜라미가
어둠 속에서 하나둘 음표를 새긴다
바위에 새긴 글도 비바람에 희미해져 가고
글로 쓴 책도 시대의 변화로 관심에서 멀어져 가는데
마음에 물든 아름다운 추억의 기억은
시간이 생각을 지우고 가도 더욱더 또렷이 남고
너를 사랑했던 순수한 일편단심은
깊은 산 속 호수의 물속같이 언제나 깨끗한 맑음이었네
어둠 짙은 고요한 가을밤에
귀뚜라미는 세월을 노래하고
한숨 자고 난 나는 그리움으로
너와의 추억을 하나둘 꺼내어 널어 보며
지난날 예쁜 마음을 삶의 고리에 끼워 오늘이라는
시간 벽 위에 벽화로 걸어보네

2023. 8. 15.

문상

오늘도 어제처럼 밤이 지나니 아침이 오고
태양은 어제 하던 일을 오늘도 변함없이 똑같이 하는데
그 속에 사는 인간사는 똑같은 일 반복은 없고
매일매일 다른 일이 펼쳐진다
개미가 꽃잎 속에 숨은 단물 찾아 기어오르듯
끝없이 이어진 고속도로를 따라
각양각색의 차들이 앞서거니 뒤서거니
시소게임을 즐기며 경주하다 각자의 목적지가 나오면
그 길을 따라 미련 없이 사라지고
또 다른 새로운 인연이 동행을 자처한다
존재하고 사라짐이 삶에 이야기 같고
오늘 세상과 헤어진 사람 만나러 문상을 간다
인생은 시간 위에 삶을 그리는 일
이 세상에 사람이 태어나 산천을 닮은 삶에 그림을 그리다
시간이 오라고 불러 이제는 삶에 붓을 놓고
완성된 작품을 전시회 하는 날 영정 앞에 서서
일생의 수고로움에 감사와 고마움을 예의로 표현하고
그가 살아온 길을 차분히 더듬어 보며
가슴 저미는 역동에 이야기로 되새기면
내 삶도 같이 익어가는 것 같다

2023. 8. 15.

세월이 수상타

칠월 칠석날이 오늘이네
오늘 아침 일기예보에 저녁부터 비가 온다고 했는데
견우는 오작교에 나왔을까?
직녀는 우산을 쓰고 기다릴까?
아니면 그냥 건너뛰고 말까?
폭염이 한 달 넘게 설쳐대고 있다
처서가 코앞인데 하늘에 법도를
기후가 넘을까? 말까? 간을 보고
인간의 기세는 오늘도 기고만장이다
세상이 말세라서 그런지
어른아이 젊은이 모두 다 삶이 힘들어
이대로는 안 된다고 개혁 개벽을 외친다
어제 같은 힘든 삶
내일은 싫다 하고 물질이 풍요를 누리니
삶은 고뇌의 뼈를 깎는다
언제 어디쯤 가면 인간은 깨달아
어리석은 경쟁심 이기심 내려놓고
마음에서 진정으로 우러난
따뜻한 마음으로 남들도 내 몸처럼
사랑으로 보듬어 줄 수 있을까?

2023. 8. 22.

집착

한숨 자고 일어나니
생각과 생각이 까치집 짓듯이 다리를 놓고
나에게 많은 상처를
남기로 간 너이기에
해가 져도 저려 오고
잠이 안 와도 우리 하게 저린다
넌 내게 무엇이었기에
이다지도 질긴 고통을 주는지 모르겠네
이성적으로 생각하면 아무것도 아닌데
감정은 바보인지
어리석은 짓을 반복하고 아니라고 했는데
틈만 나면 뒤돌아보는 미련
넌 뭔데?
그리 질긴가?
아니면 얼마나 바보면
엉터리 소설을 자꾸 쓰려고 하는가?
이 못난 사랑아 나는 모른다
사랑이 뭔지
그리고 이별이 뭔지도 모른다
그런데 왜 너 생각이 나니?

2023. 8. 26.

아쉬움 속에 시간은 가고

아침이슬은 풀잎 속에
돈을 지갑 속에 끼우듯
빼곡히 끼워 보석인 양
쓸어 담고 시간은 가을을 향해
오늘도 한 걸음 더 내딛는다
둥지 털린 옥수수 대는
아직도 청춘이라고 허세를 부려보지만
희망 없는 생명은 보기에도 허술하고
부는 바람에 반쯤 마른 잎이
헛웃음을 날린다
햇빛 따라 길 나선 호랑나비는
먹고살겠다고 작은 꽃잎 속으로
혀를 쭉 내밀어 꿀을 찾아보지만
신통찮은지 이 꽃 저 꽃잎 속을
부지런히 빨고 있다
화분에 심어진 백일홍은
이름값 한다고 백일 날짜
채우려고 끝물 꽃이
어제보다 더 작은 잎에서
어제보다 더 작은 꽃망울을 피우며
존재감을 과시하는데

살아간다고 생명줄 지킨다고
우리 아버지 건강 지키겠다고 열심히 운동하는 모습이랑
생을 지키기 위해 혼신에 힘 다 쓰는 식물이나 사람이나
노년에 삶의 모습이 애처롭게 아름다워 보인다
세월은 세상 만물을 다 싣고
오늘 하루도 시간 속에서 추억 속으로
밀어내는구나

2023. 8. 26.

살아보니 알겠네

낚시꾼들 명당 찾아 모여들 듯
오후 나절에 사방에서 구름이
떼거리로 모여들어 일을 벌인다
하늘 창에 금이 가듯
용이 살아 움직이듯
하늘을 가르며 번쩍거리더니
세상을 뒤집을 듯한
큰소리로 천둥 벼락이 친다
가까이에서 동서남북으로 천둥 번개가
칼춤을 추니
죄지은 사람 간이 작은 사람
문밖에 나갈 엄두조차 못 내고
토끼 굴속에 숨듯
문밖 출입 못 하고 떨고 있을 때
하늘에 창이 깨졌는지
갑자기 세상을 바꿀 듯이
우당탕 비가 쏟아져 내리고
구슬 같은 빗방울이
땅에 부딪혀 깨지면
빗방울은 아프다고 비명을 지르고
조각 난 물 가루가 사방으로 흩어지고

바람마저 한몫 거드니 엉망진창이다
번개가 번쩍이고
천둥소리가 하늘과 땅을 둘러메고 갈 듯
가득 메우면 이게 개벽인가?
말세인가?
머릿속은 엉뚱한 생각으로 수판을 놓는다
여태껏 살아온 경험으로
아무리 힘든 시간도
음양의 이치와 같이 강약이 있다
순간 쏟아지는 소나기일 뿐
말세도 개벽도 아닌 평범한 일상 속의 한때
날씨의 광기라는 걸 알기에
차분한 기다림으로
시간이 지나가기를
그냥 지켜본다
제아무리 거칠어도 한순간이고
아무리 예쁜 청춘이라도 한때 꽃이다
희로애락 인생 이야기도 그냥 시간에
둘둘 말려 두루마리 화장지 감겨가듯
오늘도 삶은 인생에 한 바퀴 감겨간다

2023. 8. 29.

인생에 의미

무엇이 그리워 목을 빼고 앉아 있는가?
목마른 화초 빗방울 소리 그리워
하늘 뜬구름 바라보듯
혼자 있음이 무엇이 외로워
풀벌레 귀뚜라미 소리에
서글픔 찾아내어 누군가를 찾아
전화번호를 검색하는가?
수많은 생각이 개울 물 흐르듯
스치고 지나가지만
의미 있어 돌아볼 가치 없고
어디에서 와 무엇 때문에 현재를 살고
어디로 가는지에 대한 삶의 근원 문제에 막혀
오도 가도 못하고
그 숙제 뒤로 미루고 결국 머무는 곳은
삶에 목적이 무언지
내가 인생을 투자해 최종적으로 가지고 가는
물건이 무엇인지
삶의 영원한 미제 사건에 막히고
사람마다 막연한 다른 해답을 내놓지만
검정 된 것은 하나도 없고
결국에는 오늘 제일 중요한 일부터

해결해야 한다
결국, 그날 해야 할 일을 하다 보면
꿈도 가고 청춘도 가고
인생도 가는 것
어제 죽은 사람처럼 나도 때가 되면
그렇게 흘러가는 것이 순리겠지

2023. 9. 1.

여유로운 삶

땅에 부딪혀 깨지는 빗방울 소리는
생각 소리로 밀려와 삶에 의문을 물고 와
내 마음에 손을 잡으며 묻는다
오늘은 무얼 할 것이며
어떻게 시간을 보낼지를…
딱히 정해진 일
하고픈 일도 없다
지금 이 순간 마음이 손짓하는 대로
길을 나설 뿐이다
재능은 의욕을 부르고
의욕은 욕심을 탐하여
이것저것들을 끌어모아
세상살이를 복잡하게 만든다
세상살이 신선놀음은 아무런 인연을 맺지 않으면
이름 없어 재능 없어 재물조차 없으면
평범한 것은 아무도 관심 없어
홀로선 들판에 왜가리처럼
아무런 구속이 없구나

2023. 9. 1.

홀로 아리랑

설렘은 가슴을 뛰게 하고
마음속 바람은 혼자만의 생각이라서
대답 없는 메아리에
나 홀로 아리랑을 부르며 밤길을 간다
핑곗거리 미련쯤 남이 있는 줄 알았는데
나 혼자만의 상상이고 헛꿈이었네
인연이 뭐길래 너는 돌멩이처럼 버리는데
나는 보물처럼 주워서 오매불망하는가?
그냥 세월이 지나가도
봄가을이 지나가도
관심 없는 바위처럼 그런 마음 못되고
낙엽이 하나 떨어져도 나의 일이고
꽃잎 하나가 피어나고 나의 일이니
이 일을 어떻게 할까?
그냥 모른 체하고 덧칠만 해되는
마음 약한 사랑쟁이 안 되려고
노력해 보지만
타고난 천성에 무너지는 나의 신념아
넌 누굴 닮아
그리도 못난 짓만 골라 하느냐?

2023. 9. 2.

결혼기념일

넌 너만의 길을 가고
나도 나만의 길을 가다
환승역에서 만나 이렇게 합승해
같은 공간에서 같은 느낌으로 숨 쉬며
사랑에 눈빛 공유하며
너의 삶 나의 삶이
하나의 행복을 위해
나는 밑돌이 되고
너는 윗돌이 되어
한세상 우리들의 이야기로
올해도 한 층을 더 쌓아 올린다
너와 나의 머리가 반백을 지나고
검은 머리가 바람결에
승리의 깃발처럼 하얀 백발로
햇살에 익어 금인 양 은인 양 반짝이고
너와 내가 함께한 삶은 보석보다 더 귀한 일기로 남아
자식 손자가 모여 앉으면 이야깃거리가 되고
웃음이 되어 사랑과 행복에 멜로디가 되었네
살다 보니 정을 쌓다 보니
너와 나는 각각이 아니라
어느새 좌우 날개가 하나로 움직이는 새같이

일심동체가 되어 지붕 없는 하늘을 날고
그대와 내가 열차라면 평행선을 달리는
너는 왼쪽 철길
나는 오른쪽 철길
둘 중에 하나가 없으면
오도 가도 못하는 인생 열차 신세
이대로 쭉 인생 종착역
목적지까지 같이 함께 가야 할
인생 동반자에 운명이라서
더욱더 행복합니다
사랑합니다
내 사랑이 그대라서 행복하고
같이 살아온 시간이 고맙고
앞으로 살아갈 인생길이
행복합니다
하늘에는 변함없는 해와 달이 있듯
땅에는 변함없는 우리 사랑이 있어 행복합니다

2023. 9. 6.

님 마중

해바라기 큰 얼굴이
태양을 가리고
풀잎에 맺힌 아침이슬을
밟고 오는 가을바람은
귀뚜라미 노랫가락 소리
열심히 실어 나르면
세월은 시간에 열차를 갈아탄다
소낙비의 유혹 뜨거운 여름 햇살의
지루한 고통을 참을성 있게
수양하던 밤송이는
깨침을 얻었는지
비로소 입을 연다
땅을 울리며 구르는 알밤 소리에
풀벌레는 득음을 하고
명곡을 고운 목청으로 뽑아내는구나
들국화 향기가 들길을 메우니
대목장 장꾼들 모여들 듯
벌 나비가 벌리는 잔치판에
온 들길이 시끌벅적한 것이
생기가 돌고 잘 익은 들판에
벼들이 풍년가를 속삭이면

나이 든 농부 귀가 어두운지
두 귀를 쫑긋 세우고
눈을 지그시 감는다
주름진 얼굴에 미소가 번지고
내일 추수할까?
모레 추수할까?
추수할 일에 생각은 깊어지고
걷는 발걸음도 빨라진다
이 좋은 시절에 행여나 내 님도
내 마음과 똑같아 날 보러 오려나
아니지, 날 보러 오라고
그대 마음에 가을꽃 편지를 쓰면
가을꽃 향기가 그대에게 내 마음 전해
오매불망 그리던 내 님
가던 발길 돌려 날 보러 오면 좋겠다
코스모스 꽃잎이 예쁜 아름다움으로
가슴에 사랑에 일기를 쓰는
그 길로 오실까 봐
날 보러 오는 고운 내 님
마중 가 봐야지

2023. 9. 6.

구월 어느 날

가을 햇살은 새색시 마실 가듯
가벼운 걸음으로
정오를 알리는 시간
세월은 시곗바늘 위에서 춤춘다
물꼬 물소리에 익어가는 벼는
하나둘 황금색 옷을 갈아입고
이쁜 몸맵시로 바람난 참새 떼 불러 모으고
하얀 분가루를 곱게 바르고
풀숲에 선 호박이 언제쯤 데리러 올까
기약 없는 기다림에 큰 하품을 한다
찬 기운 짙은 나무 그늘에
한물간 매미가 자기도 지겨운지
똑같은 노래를
부르다 말다를 반복하는 걸 보니
재미가 없나 보다
흥 없는 춤판에는 막걸리 한 잔이면
만사형통인데
저 매미는 아직도 모르는가 보다
점심을 먹고 버섯 구경하러 산으로 갈까?
부지런한 농부가 되어 들로 갈까?
만사 다 집어치우고

가을바람 꼬드김에 넘어가
어화둥둥 둥둥거리며 나비처럼 나풀나풀거리며
꽃님을 찾아갈까?
요놈의 가을바람이 남자 마음을 들었다 놓았다
휘저어 놓는구나

2023. 9. 6.

인생은 신기루

가을 달빛은 구름 속에 숨고
밤도 깊어지니
풀벌레 소리도 잠이 든다
늙은 홀아비의 뒷모습처럼
쓸쓸한 밤비는 소리 죽여 내리고
땅속으로 스며드는 빗물처럼
괜한 허전함이 잠 대신
머릿속을 꽉 채우고
무언가를 찾아 사냥개 모양
이곳저곳을 들쑤시고 다닌다
선택의 기로에서 망설임에
가지 못했던 길이 아쉬움으로
다가오기도 하고
하고 싶었지만 용기 없어
포기했던 일이
왜 그때 해 보지 못했던가?
하는 후회가 꿈속 길을 가로막고
오늘 아침 새벽잠은 또 이렇게
불면에 아침을 맞이하는가 보다
인생길이란 언제나 양 갈림길이라서
늘 선택의 순간이 있고

인간의 마음에는 언제나 욕심이 있어
남의 떡이 더 커 보인다고
해보지 못한 일이 더 크게 느껴지고
욕심은 늘 가지지 못한 것의 편이다
육십을 넘게 살아온 세월이라
이제쯤은 무상에 욕심을 내려놓고
세상 이치에 적응해
포기도 하고 양보도 하고
그렇게 살 줄 알았지만
몸에 기운이 돋으면
욕심도 꺼진 불꽃처럼 살아나고
몸이 쇠약하면 가는 물줄기처럼
그 마음 작아지니
인생의 삶은
욕망에 꽃이 계절 따라
피고 지는 신기루였다

2023. 9. 13.

알 밤

찬바람이 여름 살을
한 껍질 두 껍질 벗겨내면
가을비는 시간을 한 꺼풀 두 꺼풀 녹여내고
잎새 속에서 밤하늘 별빛이 그리던
꿈을 꾸던 코스모스 꽃봉오리가 피어나
예쁜 꽃 머리에 가는 허리로 춤을 추면
동네방네 한량 벌, 나비들
늦을세라 자리가 없을세라
앞다투어 큰 날갯짓을 하며
달리기를 한다
가을밤 어둠 속에 묻어 들어
남들이 알세라 모를세라
살포시 내리던 보슬비는
밤눈이 어두워서 그런지
거미가 쳐놓은 거미줄에 걸려
오도 가도 못해
그 안타까움에 눈물이 이슬방울 되어
알알이 맺혀 이제나저제나
목을 빼고 누군가를 기다리지만
모두 다 남의 일에 관심 없어
모른 체하고 그냥 지난다

풀숲에 풀벌레 소리
산속에 산새들 소리
뭐라 뭐라 속닥거리며
오늘도 시간을 까먹는다
가을 참새 떼는 허수아비 아저씨가
뭐라고 고함치든 말든
숨바꼭질하듯 비행기에서
폭탄이 떨어지듯
벼 이삭 속으로 속속 숨어든다
어젯밤 보슬비 입맞춤 소리에
놀란 언덕배기 밤나무
밤송이가 큰 입을 벌리고
하품을 한다
뒷산 다람쥐 토끼보다
내가 먼저 가 토실토실한
알밤을 주워 와
손자랑 맛있게
먹어야겠다

2023. 9. 14.

비는 내리고

견우에 이별의 눈물인지
직녀에 만남의 반가움에 눈물인지
비는 소나기처럼 때론 보슬비처럼
소리 없이 울다 간 소쩍새의 눈물같이
사흘을 내리더니
저녁때부터 그치고
별 없는 밤하늘 별들을 찾아보지만
실연한 이별에 마음이 상해
이불 덮고 누워 있는지
사랑 찾아 야반도주를 했는지
오늘 밤에는 달도 없는 무주공산이네

뭔가를 잃어버린 것 같은
이 허전함에 옥상에 올라보니
간간이 짖는 개소리 드문드문 차 소리는
어둠을 밀고 거리를 따라 흘러가고
서너 집 건너 한집 꼴로
아파트 불빛이 뭔가를 찾고 있는 걸 보니
저 사람들도 나처럼 마음에
짐이 무게를 느끼고 있나 보다
가로등 아래 갈지자로 왔다 갔다
거리 춤을 추는 아저씨
오늘 기분이 좋아 칭찬을 들었는지
풀이 죽은 인생에 용기가 필요했는지
동업자 술기운에 업혀 집으로 가는 모습이
인간들이 사는 애환이 다 들어 있는 것 같네
담배 연기처럼 긴 한숨에 체념이란 생각으로 잡념을
종이비행기 접어 날리듯 화가가 일 획을 긋듯
무주공산에 힘닿는 데까지
확 그어 본다

2023. 9. 15.

가을 남자

가을 이슬비가 무거워 그 무게를 감당 못 한
늙은 여름꽃은 풀 먹은 종이처럼
땅에 착 달라붙고
뒷골목 어둠 속에 몸을 숨긴 귀뚜라미는
계절에 왕초가 자기라고 동네방네 광고하여도
누구 하나 막아설 자 없고
도깨비 요술방망이 뚝딱거리는 소리가
땅을 울리면 어디선가 알밤이 떼구루루 굴러 나오고
계절의 변화에 남자는 가을을 타는지
박힌 돌이 빠져나간 듯한 이 허전함이
덫에 걸린 산 짐승들의
애절한 울음처럼 가슴을 후벼 파면
비에 젖은 노루가 들판을 온종일 휘젓고 다니듯
내 생각은 빠져나간 밑돌을 찾으러
머릿속 동서남북 끝까지 찾아보고
추억까지 들추어 보지만
가을 찬바람 이슬비에 묻어오는 외로움이
사랑을 구걸하고
막연한 공허함에 흔들리는 사내 마음이
감기처럼 계절 앓이를 하나 보다
거세게 몰아치는 파도의 채찍에

해안절벽이 깎여 가듯
마음속에 자리 잡고 있는
이 두툼한 외로움의 철벽에
군살도 깎기는 시간
세월의 꾸중 소리에 연마되어 언젠가는
철이 들든지 아니면
밋밋한 마음으로 돌아서겠지

2023. 9. 15.

나팔꽃 욕심

백로 지난가을 날씨는
몸살을 한다
제오 계절 가을장마가
시간 가는 줄 모르고
며칠째 권리 인정해 달라고
실력 행사 중이다
가는 더위 아쉬워하고
오는 가을맞이 청소를 명분으로
파업을 하는구나
더워지든 추워지든 세상의 변화에
관심 없고 오직 실속 하나 찾아
언제나 유리한 패만 잡는 나팔꽃은
물들어 올 때 노 젓는다고
비 오는 날이면 에헤라 데헤라
너울춤을 신나게 추며
풀 나무 안 가리고 감언이설로 꼬드겨
햇빛 사랑 더 받겠다고
나무 등줄기를 다람쥐만큼
빠른 속도로 타고 올라 주객전도가 된다
파란 꽃송이 분홍 꽃송이로
비상 깜빡이를 켜고

제 먼저 가겠다고 설쳐대며
야물게 계단을 만들어 가며
한 층 한 층 올릴 때마다
승리의 나팔을 분다
욕심쟁이 나팔꽃은
편안하게 나만의 천국을 만들어
한 세상 번영을 누린다
하루에 한 뼘씩 자라나는
놀라운 기운으로 주위를 압도하고
얼마 후면 친구가 되어
어깨를 나란히 하고 뒤돌아보면
친구는 잎 그늘에 묻히고
그들만의 천하로 뒤덮는
놀라운 생존능력에 경탄한다
오늘 아침에 비가 와서
세상살이에 의기소침해 있는 나를
나팔꽃 넝쿨은
자기처럼 자신감 있게 용기 내어
도전 정신으로 세상을 살라고
한 수 가르쳐 주네

2023. 9. 16.

외로울 때

스치고 지나가는 인연의 빗방울 소리에
갈대 흰 수염은 물방울을 만들어 놓고
새로운 인연을 기다린다
가을 빗물은 어디로 갈지 땅에 길을 묻고
부는 바람은 나뭇잎 손을 잡고 흔들며
갈 길을 묻는데
비 오는 날
오라는 이 없고 가라는 이 없는 나는
비 내림이 들려주는 하늘과 땅이 처음 만났을 때
부르는 합창 소리를 듣고만 있어야 하나
비 맞고 우두커니 멍 때리고 있는
전깃줄 위에 앉은 비둘기와 나
누가 더 외로운지
가슴 아픈 사연 하소연이라도 해야 할까
기다린다고 말 안 해
오지도 않을 님이지만
행여나 모른 체하고 날 찾아줄까 싶어
우산을 쓰고 벌써 몇 번째
골목길을 왔다 갔다 하느라고
바짓가랑이가 반쯤 젖었구나
젖은 옷만큼 마음에 외로움이

살짝살짝 상처를 내고
이마저 지겨워 방문을 닫고 드러누워
나와 외로움이 꼬리 긴 고집과
오기의 뚝심으로 누가 더 센지
힘자랑을 한다
오늘 하루도 독립투사처럼 나 홀로
영웅심을 고취하여 임전무퇴 정신으로
번민에 도전을 막아본다

2023. 9. 16.

사기의 신기루

유혹에 못 이겨
낚싯바늘에 미끼를 문 물고기
울타리 넘어 맛있는 농작물 먹겠다고
용쓰다 올가미에 걸린 노루
편안하게 공짜로 이익을 가지겠다고
약은 꾀부리다 사기당해
털려버린 내 마음
모두 다 욕심의 거미줄에 걸려들어
오도 가도 못하는 신세
정직하지 못하고 노력 없는 대가를
바라는 공짜 심리가 불러들인 참사다
평상심 보편적인 이치가 세상살이 정답인데
그 답을 알고 있으면서
그 당연한 결과를 알고 있으면서
우리 머리는 상상에 신기루를 뻥튀기를 한다
그래서 사기당하고
상대방이 두 수 세 수 있는데
하나뿐인 목숨 건 도박을 한다
비정상은 정상을 이길 수 없다
어쩌다 한순간 이겨 보일 뿐이다

2023. 9. 18.

오늘 밤에는

시간은 또 하루의 이별을 말하고
지는 해와 어깨동무하고
산그늘 따라 서쪽 산을 넘어가고
떡가래에 꿀 발리듯 어둠이 세상에 묻어 들면
작은 개천에서 개똥벌레는
불꽃놀이 중 불티가 춤을 추며 날 듯
바쁜 걸음으로 동서남북을 서성거리며
익어가는 가을 향기의 밤에 고명이 된다
갑자기 돌아가신 어머니와의 추억
아버지와의 어릴 적 추억이
와락 나를 껴안으면 그리움에 가슴이 먹먹하고
보고픔은 눈물이 달빛을 흐리게 하고
그때 조금 더 잘해 줄 걸 싶은 마음이
광목 배필 펼쳐지듯 눈앞을 가린다
떠오르는 추억에 향수가 애절한 마음으로 쌓이고
나 홀로 평상 마루에 앉아
오늘 밤에는 달빛이 알고 있는
이야기 길 따라 한없이 흘려 그 어릴 적 추억 속에서
한잔의 술맛이 보여주는 마술쇼를
즐겨 볼까 하네

2023. 9. 18.

사랑에 기쁨

해 저문 서쪽 하늘에
저녁노을이 물장구를 치면
물방울은 햇살에 물들어 그림 물감이 되어
하늘에 내가 그리고 싶은 그림을 그린다
떨어진 검정 물감 한 방울은
산그늘에 녹아 어둠이 되고
그대를 만나고 돌아오는 길에
좋았던 시간은 회상이 되어
사랑에 숨결로 다가서고
가슴 벅찬 이 기쁨에
뛰는 심장이 마음을 들어 올려
하늘에 연을 날린다
그대 사랑받는 이 마음은
세상을 다 싸고도 남고
내가 그대 사랑하는 마음은
가도 가도 끝없는 영원의 길처럼 이어지고
모든 것을 다 가진
오늘 밤은 행복뿐이네
사랑하는 마음은 세상을 다 가지게 하는
신들만이 아는 묘약이었네

2023. 9. 19.

사랑의 의미

오늘도 아침 햇살은 나의 안녕을 묻고

그대의 안녕도 묻는다

청명한 바람은 가을을 부르고

그대를 알고 난 뒤에 나는 사랑을 부른다

가을 코스모스가 벌, 나비를 부르듯

그대 생각이 사랑을 부르고

사랑을 알고 난 날은 어제와 다른 날이고

그대를 알고 난 날 이후는

알기 전 시간과 영 딴판일세

사랑을 알고 난 세상은 행복과 웃음 천지이고

그대를 몰랐던 그전 세상은 생각 속에 없네

나는 사랑을 좋아해

내 사랑이 오직 그대라서 더욱더

행복하고 웃음이 배어 나오나 보다

오늘도 나도 행복하고

그대도 행복해 사랑하는 우리 둘이

한마음 한뜻이 되어

하늘에 해와 달이 닳아 없어질 때까지

그대랑 나랑 둘이서

사랑놀이 한번 즐겨보자

2023. 9. 20.

가을장마

어디서 내린 비일까?
이 동네 저 동네 빗물이 고운 흙을 싣고 내려와
흙탕물이 강둑에 선 버들이며
풀잎이 물들어 세상을 바꾼다
강 가득히 메고 지고 가는
바다 여행길에 주인 없는 뗏목이 뱃놀이를 즐긴다
낙동강에 홍수가 났네
버리기 아까워 안타까운 것도 떠내려가고
보기 싫은 쓰레기도 함께 데리고 떠나간다
이 넓은 강에 사공도 없고 철새 한 마리도 없다
모두 다 안 떠내려가려고
몸을 사리고 있나 보다
용이 살아 강물을 거슬러 올라가듯
생명이 살아 있는 듯 꿈틀거리고
굽이치는 모습이 하늘로 날아갈 듯 느껴지네
어둠사리 드는 강가에서 데이트하는
남자는 무슨 생각을 하고
여자는 무슨 그림을 그릴까?
오늘 하루도 가는 곳 모르지만
강둑 따라 저만치 멀어져 가는구나

2023. 9. 21.

대봉산 등산

가을을 실은 찬바람이 낙하산을 타고 와
높은 산꼭대기에 내리면 가을은 나뭇잎 사이사이로
이슬비 젖어들 듯 스며들고 사람 성격 각각 다르듯이
나뭇잎은 단풍잎 색깔로 말을 한다
세월에 삭은 나뭇잎은 풋풋한 거름 내음으로
가슴속에 향수를 자극하고
지리산 이백 리 산허리를 감싼 흰 구름은
신선의 세계로 초대하고 괭이 하나 호미 하나 들고
저 산속에 들어서면 어흥 호랑이 엄포 소리에
깜짝 놀라 바라볼 때
붉은 열매가 달린 천종산삼을 만날 것 같고
산 아래 자리 잡은 사람들의 욕심 세계
소읍들이 장난감처럼 시시해 보인다
그 속에서 아웅다웅하는 소꿉장난 욕심에
집착들이 우습구나 시간의 부름을 받은 버섯이
출석을 알리고 어쩌다 한둘 피어난 구절초 꽃은
산골 처녀들의 우아한 품격을 자랑한다
대봉산 위에서 바라보는 지리산 천왕봉은
하늘에서 신선이 놀러 올 만큼
훌륭한 품격을 갖추고 있구나

2023. 9. 23.

사랑 타령

밤눈이 내리듯 밤새도록 내린
가을 달빛은 수북이 쌓이고
오고 가는 인적 소리 없는 고요한 이른 아침까지
청춘에 풀벌레가 데이트를 하는지
신혼 살림살이를 꾸몄는지
속닥속닥 꺼리는 소리가
깨가 쏟아져 장독이 깨진다
달빛이 서산에 걸터앉아 새벽 노을을
이쁜 그림으로 붓질할 때
우거진 대나무 숲에서
하룻밤 단꿈을 꾼 산비둘기 참새는
꿈속에서 님을 만났는지
애틋한 아쉬움으로 이부자리를 들추고
아직도 잠이 덜 깼는지 긴 하품을 한다
밤새도록 숲속 요정이 풀잎을 타고
놀다 간 자리에 그들에 사랑
이슬 꽃 방울이 맺히고
아침 햇살이 풀잎에 찾아드니
이슬은 실안개를 타고
흔적도 없이 하늘로 가고
시간은 나에게 묻는다

오늘 뭐 할 건데 물어온다
해야 할 일 하고픈 일이 너무 많은데
우선순위는 아침을 먹고 커피 한 잔 마시며
천천히 세상 이야기 신문 보고 하루 일과를 짜 볼게
내가 사랑하는 내 님은 아침에
눈을 떴을 때 제일 먼저 내 생각이 났을까
나는 내 님 안부가 제일 먼저 생각나더라

2023. 9. 23.

대봉산 소원바위

지리산 천왕봉 형제를 눈앞에 두고
흰 구름이 다리를 놓으면
학을 타고 다니는 산신령은
아우 대봉산 천왕봉으로 마실 나오고
천왕봉 아래턱에 자리 잡은
키가 큰 소원바위 앞에 서 봤더니
난간에 빼곡히 리본이 매달리고
리본에 간절한 소망과 희망을 적은
마음에 메시지가 새털보다 더 많고
양털보다 더 많이 걸려있더라
사랑은 한물갔는지
찾아보기 힘들고
돈이 제일 좋은지 재물이 가장 많고
그다음이 건강이더라
삶이 얼마나 빠듯했으면
삶에 얼마나 많이 휘달렸으면
로또 행운을 기도했을까?
그 많은 편지 중에 산신령은
누구 사연을 뽑아 들고
소원을 들어줄까?
딱한 사정은 매한가지일 텐데

선택에 고민이 참 많겠다
인간 세상이나 신선 세계나
고민에 질은 달라도 느끼는 고통에
질량은 똑같겠구나

2023. 9. 23.

명품

명품이란 대를 이어 써도 변함없고
누가 보아도 아무라도 인정할 수밖에 없는
절대적인 물건을 말한다
명품의 탄생은 시간의 노력과
장인의 땀과 눈물, 자본이 만나
기적처럼 이루어진 작품이다
명화, 명품, 명물, 명인은 그 분야에 눈에 확 뜨이는
최고를 말하고 인정받고 값어치로 증명한다
그 모두의 공통점은 혼신의 힘과
인내의 시간이 모여 이룩한
고뇌와 고통이 바꾸어 놓은 결과물이다
진주가 만들어지는 과정을 보아라
얼마나 불면에 밤과 고통의 세월을 보냈겠는가?
사랑, 참 말은 쉽다
입에 발린 사탕처럼 달달하고 행복한 길인 것 같다
알고 보면 참사랑은 고수의
사랑꾼이 써가는 머나먼 생각 깊은 배려의 길이다
그래서 참사랑을 느끼고 나면
사람들 가슴에 훈장 같은 보석이 되어
별이 되어 반짝이는 것이다
진정한 사랑은 깨달음이고

온 우주를 포용할 수 있는 인내심의 보석이다
삶의 목적은 사랑이고 그 사랑은
참고 이해심이 가져다주는 행복이다
참사랑은 인간의 마음이 만들어 내놓은
불멸의 명작이기에
신의 솜씨와 겨루어도
하나도 뒤지지 않으리라

2023. 9. 24.

어느 가을날

가을빛은 바람에 실려 갈대 깃털을 흔들고
냇물에 비친 갈대 그림자가
낚싯대에 걸린 밑밥인 줄 알고
입맛을 다시는 붕어 한 마리
너 참 오늘 용꿈을 꾸었구나
만약에 진짜 낚싯대였으면
너 신세 마른 명태 꼴 나는 거야
세상에 공짜는 없다
공짜는 세상에서 가장 값비싼 물건이란다
산천을 씻은 맑은 물이
돌자갈 사이사이로
굽이굽이 헤엄칠 때는
미꾸라지가 냇물을 거슬러 올라가는
생동감에 소리를 내고
강둑에서 빗자루 만들는지
가을을 꾸밀는지
갈대 꺾는다고 노인네 낫질이 분주하고
베어 놓은 갈대 다발에
호랑나비 한 마리가 앉아
날개를 나풀거리며 갈대야 일어나라고
마술에 주문을 외우면

짧아진 가을 햇살에
키가 큰 참나무가
그림자를 길게 드리운다
올해의 가을 어느 날도
이렇게 하루를 메꾸며
소리 없이 달아나나 보다

2023. 9. 25.

기다림

만남에는 우연히 없고
알고 보면 필연과 헤어짐의 만남에 인연 길
오다가다 미련이 없으면 스치고 지나가고
인연이 있으면 매듭 풀릴 때까지
머물다 가는 우리네 인생길
인생이란 매 순간 선택과 갈등과 아쉬움에
옳고 틀린 문제풀이 한 판
어제 만남이 오늘에
좋은 인연으로 만날지 몰라
최선의 노력을 해 본다
최선을 다한 노력은 최고가 되었을 때보다 더 값지고
비록 이루지 못해도 후회는 없으리라
그래서 오늘 하는 일에 최선을 다하면
내일은 후회가 없다
좋은 생각 즐거운 마음으로 일하면
하는 일도 잘 되고 수월하다
기다림은 희망을 주고
희망찬 설렘은 기쁨을 주고
기쁨은 행복에 활력소가 되어
마음에 평화를 준다

2023. 9. 26.

우유부단

가을비는 사랑을 잃어버린
여인의 가슴을 적시듯 촉촉이 내리고
토닥토닥 떨어지는 빗방울 소리는
사색의 깊은 동굴로 손잡아 이끌고
멈추고 선 고장 난 시계처럼
일상이 정지된 느낌을 준다
가을비 오는 날은 중년의 남자는 무조건 외롭다
마땅히 갈 곳도 해야 할 일도 없다
컴퓨터 티브이를 친구 삼아 놀아 보지만
마음은 오락가락이고
무얼 해 볼까?
누굴 만나 볼까?
가벼운 주머니가 더 외롭게 하는구나
머릿속 갈등은 달리기 선수 모양
천방지축을 내달리고
아직도 몸은 외출 준비도 안 하고 있다
가을비는 계절을 재촉하고
시간은 내 마음의 빠른 결정을 원한다

2023. 9. 26.

희망에 속고

잘 갈아 놓은 칼날처럼
한가위 보름달은
달빛에 반짝이며
갈 길 막아선 구름을
피자 조각 자르듯이 잘라
빈 하늘에 나누어 준다
시곗바늘은 오늘도 어제처럼
성실히 돌고 돌아
기계가 벽돌 찍어 내듯
시간을 찍어 내어 두면
나이는 세월을 쌓아
인생 탑을 만들고
젊은 시절에는 자식 키우고 돈 번다고
빛나는 청춘 못 즐기고 하고픈 일
자식 키워놓고 돈 벌어 놓고 즐기자고
참고 참아 앞만 보고 살아왔는데
원하는 것 이루어 놓고
청춘에 미련 미루어 왔던 소망을
노년에 즐기려 하니
몸이 아프고 체력이 안 따라주니 못 하겠네
인생이 뭐냐고 물으면 그 답은

쓰디쓴 고생 막대기에
작은 즐거움을 발라둔 막대사탕이라네
속고 사는 것이
인생 이야기라는 노랫말처럼
희망에 속고 사는 것이
인생이더라

2023. 9. 27.

추 석

가을 찬바람은
풀잎에 시린 이슬방울을 맺어 놓고
꿀을 발라 놓았는지
밤이슬이 마실 나왔다가
거미줄에 앉아 날 새는 줄도 모르고 있다가
햇살에 녹아내리며
속고 산 세월의 억울함에 눈물 흘리고
시간이 차오르니
들판에 익어가는 벼들이
황금 빛깔에 물들어
사람들 마음 설레게 하고
명절 찾아 고향 집에 오는
손님 반긴다고
코스모스 들국화 갈대꽃
가을 삼인방이
이쁘게 꾸미고 골목길에 마중 나와 서 있네
너른 대청마루에
오곡에 과일이며 어육에 나물을 놓고
나름대로 고관대작 차례상 구색을 갖춘다
차례에 제물이 질서정연하게 놓이듯
촌수에 줄 맞추어

조상 은덕에 감사절을 올리고

후손들이 한자리에 모여

세상 돌아가는 이야기

아이들 커 가는 이야기며

음복주 한 잔에 웃음소리가 담장을 넘는다

비록 무명에 조상이지만

웃어른들의 삶은 전설의 고향처럼

입에서 입으로 전해져

집안 영웅 이야기로 각색되어

집안에 자부심을 더 높인다

세월이야 가든 말든

세상 이야기가 죽이 되든 밥이 되든

지금 이 순간이

우리는 너나없이 하나가 되어

막걸리 한 잔이 주는 이 순간만큼은

죽고 못 사는 형제 사랑으로

진정한 삶에 행복을 느낀다

2023. 9. 29.

손자와 아침

새벽에 밤비가 내렸다 난타 공연이라고 하듯

장단 맞추어 신나게 한 판 노는 걸 보니

흥이나 꿈길에서 깨어나

나도 구경꾼으로 자리를 잡고 앉아

같이 한판 어울려 잘 놀다가

공연이 끝나 나오니 아침이구나

비 그친 숲속에서 생긴 실안개가

군락을 이루어 향초에 타오르는 연기처럼 빨려 올라가

한 조각 구름배 되어 빈 하늘을 항해한다

비 때문에 아침밥이 늦어진

참새 새끼들은 밥 먹으러 가자고 난리고

어쩌다가 행운이 발 앞에 굴러와

벌레 한 마리 입에 문 참새는

용꿈을 꾸었다고 개춤을 춘다

빗방울을 꽃잎에 문 사계 장미는 화려한 색깔로 뽐내며

기분 좋은 몸짓으로 나를 반기고

아침잠 많은 우리 손자 녀석들 깨워

비 온 후 상큼한 공기 마시러 들국화가 피어나는

들길을 따라 강아지 데리고 산책 한번 하고 오면

밥투정하는 손자들 밥맛이 꿀맛이겠지

2023. 9. 30.

하루 일

구름 한 점 없는
새벽하늘 한가위 보름달은
활짝 피었다 져 가는데
새벽 공기의 냉랭함에
별빛 입술이 새파랗게 질리고
찬바람 손끝으로부터
계절의 움직임은 시작된다
출발에 총소리 들은 만물은
운동회 때 아이들 달리기하듯
온 힘을 다해 결승점을 향해 내달리고
산천에 응원은 단풍으로 답하나 보다
새벽이 전하는 엄숙한 고요함에
풀벌레 사랑가는 신세타령가로 변하고
세월이야 어떻든 말든 바른말 한다고
새벽 장닭이 목청 높여
여명에 아침이 오고 있음을 알리고
어스름한 어둠 속에서 보일 듯 말 듯 한
몸놀림으로 부지런한
꿀벌이며 사람들이
하루 일을 시작하는구나

2023. 10. 1.

인생길

아침 구름은 방향을 못 정하고
회의를 하는지 하늘 가운데로 모여들고
강 안개는 모락모락 피어올라
절약해서 잘 살자고
산허리를 졸라맨다
이슬은 잘 익은 벼 이삭 품에서
늦은 아침잠을 즐기고
바람살이 시린 걸 보니
확실히 가을은 왔나 보다
오늘도 삶은 새로운 판을 깔아 놓고
내가 무슨 수를 놓을까
나의 마음을 묻는다
산도 오라 하고
들도 오라 하는데
양 갈래 길을 두고
선택에 고민한다
어떤 것을 선택하느냐에 따라서
오늘 이야기는 영 딴판으로 흘러가는 것
무엇이 옳고 그른지
결과가 나와 봐야 알 수 있지만
순간 선택이 잘못되었더라도

운명이라 믿고 최선을 다하면
중박은 되겠지
의미 없이 보내는 하루가
어쩌면 가장 의미 있는 하루의
선택이 될 수도 있겠다
알 수가 없어서 인생 앞날이 재미가 있고
살아가는 재미가 있는지도 모르겠다
확신을 가지고 잘 가던 길도
멈추어 서서 이 길을 왜 가나 하고
돌아서기도 하고 돌아섰다가
다시 가는 길도 인생길이다
실수하고 후회도 하고
또 반복도 하고 후회하는
어리석은 짓을 하는 것이 인생이다
그래서 우리네 삶은 세상을 배우려고 와
확실히 기억될 때까지
반복의 복습을 하는 거다

2023. 10. 3.

늙은 농부

쌀랑한 가을 날씨는
한여름 뜨거운 태양 아래서
천방지축으로 내달리던 풀잎도
철이 들어 꽃대를 뽑아 올려
결실을 맺고
농부도 먹고살겠다고
겨우살이 양식 챙기는 손길이 바쁘다
오곡백과 추수하랴
동계작물 심으랴
허리 펼 여유 없고
팔다리 쉴 틈 없으니
늙은 농부는 허리가 휘고
아픈 팔다리는 골병이 들어 신경통이 된다
몸 상태는 꿈길에서
누구에게 얻어맞은 듯이 온몸이 뻐근하고
아픈 것도 아니고 안 아픈 것도 아니고
노인에 몸 상태는 늘 흐림이다
하고 싶은 일은 마음만 뻔할 뿐
몸이 따라주지 않으니 서글픈 생각만 들고
그저 일손만 잡았다 놓았다 할 뿐
아쉬움으로 돌아선다

젊은 시절 그렇게 일 욕심부리던
마음도 부질없고
태산을 쌓을듯한 물욕도
나이 앞에는 헛일이고
인생 이야기 한평생 살고 나면
무엇을 들고 저승길 갈까
그것이 숙제로구나

2023. 10. 6.

가을이 나를 부르면

밤을 새운 아침 햇살은 산을 붉게 물들이며
환한 얼굴로 반갑게 달려오고
날이 밝자 앞산 까마귀가 맛있는 것 천지라고
뒷산 친구 얼른 와 같이 먹자고
부른다고 동네방네 까악거리고
눈만 뜨면 먹을 것이 천지에 깔린
가을이라고
이른 아침을 먹고 났는지
배부르고 등 따시면 제일이라며
울타리에 일광욕을 즐긴다고
굴비 두릅 엮듯이 줄줄이 앉아
밤새워 본 드라마 이야기로

참새 아낙들은 세월 가는 줄 모른다
이슬을 머금고 선 황금 빛깔에 나락은
언제쯤 집으로 초대해 갈지를 묻고
들깨가 익어가면서
노란 물감이 아래 잎부터 칠하며
사다리를 타고 올라가는 중이고
막심을 쓰며 커 가는 고구마 소리에
놀란 두더지 두 귀가 쫑긋하고
겨울잠 땅굴을 준비하던 개구리가
지진 난 줄 알고 놀라서 펄쩍 뛰어오른다
가을이 오니
온 들이 장터같이 왁자지껄인데
나도 나의 영토에 가서 붓을 들고 가
내가 칠하고 싶은 색깔을 골라
가을 색을 진하게 덧칠해 볼까

2023. 10. 7.

사람 사는 동네

시월에 내리는 새벽비는
풀잎 잎에 입술만 적셔놓고
들불의 자욱한 연기처럼
강 안개는 피어나
말을 타듯 산등성이를 타고 놀고
물방울을 머금은 나팔꽃은
파란 꽃 분홍 꽃을 피워
예쁘다고 자랑질하고
허수아비 없는 나락 논에
이웃 참새들이 모여 앉아
지나가는 나에게 아침밥 좀 먹고
가라고 말을 거네
산 밑 마을에서 개 짖는 소리가
들리는 걸 보니
휴일이라고 객지에 살고 있는
아들인지 딸인지 손주 손녀 데리고
할머니 할아버지 보러 왔나 보다
아침부터 큰일 했다고
암탉이 동네방네 알 낳았다고
유세 부리는 소리가
골목길을 들었다 놓았다를 한다

아이들 뜀박질 소리 웃음 소리가
이쁜 단풍이 물들어 가는
동네 지기 느티나무에
기어오르면
작은 시골 동네가
흥으로 떠들썩한 것이
사람 사는 향기가 난다

2023. 10. 8.

그녀는 부재중

내 마음에 바람이 불면 여행을 간다
목적지도 없이 계획도 없이
무작정 길 따라가다 보면
강물도 쉬어가는 곳
세월도 한숨 돌리고 가는 곳에
나도 오늘 나에 호흡에 삶
쉼표 하나 찍어 볼까 하네
머물고 싶은 풍경 속에
한 그루 나무가 되어
내 앞을 스치고 지나가는
타인들에 그림자를 구경하고 싶다
한곳에 오래 머물다 보면
시간이 지루해 마음에 변덕이 일어나고
계절이 식상할 때쯤 시간은 계절을 바꾼다
가을 미풍에 억새꽃 흰 수염이
그네를 타는 강둑에 서서
소리 없이 흐르는 강물이
가을을 품고 달리는 모습을 본다
내 머릿속에는 내가 살아온
날 중에 기억하고픈 일들이
항구에 배 드나들 듯 오고 가는데

얽매임이 없고 왔다 갔다 깜박이는 신호등처럼
그대 생각이 가슴에 창을 똑똑 두드리면서
보고픔을 자극하고
그대 품이 그리워서 보고파서 전화를 하면
그대는 부재중 그래서 가슴이 뛴다
마음은 급해 천리만리 달아나고
깊어져 가는 고민에 머릿속은 별생각을 다 한다

2023. 10. 11.

오늘도 출발

오늘도 힘차게 출발한
아침 햇살은 나를 불러낸다
연속극 시리즈처럼
오늘도 어제에 이어
삶에 역사를 써가라고
이 넓은 세상 속에
내가 존재하는 이 작은 공간에
이 계절에 맞는 주제로
꾸미기를 하란다
내가 꾸며놓은 작은 일들이
계절에 작품이 되어
전시되고 전시된 모습은
내가 살고 있는 이 작은 동네에
가을의 한 부분의 풍경이 되어
세상을 떠받치고
시간에 수레바퀴를 돌린다

2023. 10. 12.

출근길

아침 햇살은 은행 나뭇잎 사이로
소녀가 손톱에 봉숭아 물들이듯
소리 없이 스며 들어가 노랑 물감이 짙어지고
가을은 오늘도 가마솥에 고구마 익어가듯
구수한 향기로 은근히 익어간다
찬 이슬 맞고 하룻밤 자고 난
국화꽃 봉오리가 밤새 힘을 쓰더니
어제보다 좀 더 부풀어 올라 있고 바지 실밥 터지듯
노란 꽃실이 허물을 벗으려고 애를 쓴다
밤낮없이 떼창으로 울어대던
귀뚜라미 노랫가락 소리 가늘어 가고
이쁜 색깔에 화려한 옷들이
아침 출근길에 꽃이 되고
물속에서 금방 올라온 물고기처럼
방금 감은 까만 머리칼에 하얀 분 화장에
립스틱 진하게 바른 멋쟁이 여인 출근길이 눈에 띄네
기계 부속품처럼 모두 다 제 위치 찾아
출근길을 나선다
시간과 사람이 조화를 이루어
살기 좋은 세상을 만들어 가네

2023. 10. 14.

웃음꽃

바둑판 위 흑백 돌 가리듯
어느덧 시간은 밤낮을 가리어
오늘이란 새판을 깔아 놓는다
새벽안개가 촉촉이 적셔놓은
국화 꽃송이는 실금 가듯
입술이 살짝 벌어지고
열심히 가을 햇살을 주워 담은
부의 바구니가 샘물 솟아 넘치듯
금빛으로 반짝인다
오며 가며 이제나저제나
때를 기다리던 벌, 나비
황금 꿀 국화 향기가
졸졸 흐르면
노다지 만찬을 즐기려
가을빛에 실려 다시 찾아오면
노인네 둘, 셋 옹기종기 모여 앉아
지난 옛날이야기에 흥이 나고
감미롭고 가벼운 가을 햇살 기운 받으면
주름진 얼굴에도
웃음꽃이 피어나겠지

2023. 10. 15.

나 이

신호등 점멸기처럼
오늘도 수많은 생각이 깜박거린다
때맞추어 신호등 잘 건너야
하루 일 무탈하듯이
오늘 떠오르는 생각 중에
옳은 것만 골라 하면
대박 날이 될 긴데
실수 많은 인간인지라
수많이 오가는 생각 중에
오답을 선택해
헛일하는 경우도 있으리라
삶은 실수하면서 배우고
후회하며 배우고
경험이란 튼튼한 다리가 생기면
안전하게 건너간다
수많은 경험은 인생의 나이테
늙어 힘없어도 경험 많은 요령으로
험한 세상 파고 잘 헤쳐 넘어간다
나이 듦을 슬퍼 마라
나이 속에 지혜가 숨어 있다

2023. 10. 16.

늙음

어둠 속에서 하룻밤을 지새운
아침 햇살이 약속이나 한 듯이
오늘도 찾아와 나를 불러낸다
오늘은 무슨 일을 할까? 물으니
머릿속은 온갖 일들을 추천해 대지만
내 마음은 물 위에 뜬 부포처럼 일렁이고
찬 기운에 쌀랑한 날씨는
피부를 통해 가을이 깊어 감을 알려
좀 더 두꺼운 옷 입으라 권고하고
햇살은 낮 시간이 짧아졌다고
얼른 일 서둘라고 경고한다
콩밭에는 콩 익어가는 소리가 바스락거리고
콤바인 벼 타작에 삶의 터전 잃은 메뚜기는
난민이 되어 풀숲 뚝방에 나앉아 망연자실이고
한물간 길가 코스모스는
쓰러진 초가집 모양 볼품없이 서서
불쌍한 척 동정심을 구걸해 보지만
아무도 눈길 안 주고
먼 산부터 밝아 오는 단풍잎만 쳐다보네
인간사나 세상사나
생로병사의 윤회 틀 속에 지는 해

노을이 현란한 불꽃 예술 쇼를 해보지만
한순간 날아 흩어지는 불티같은
순간의 아름다움이고
오늘따라 늙음의 어설픈 그림자가
의욕에 부풀어 올라서는
가슴이 벅참을 시샘하여
바람을 빼는구나

2023. 10. 17.

행복한 하루

방랑자 바람은 좀 쉬었다 가자고
따뜻한 온기를 찾아 방안으로 스며들고
어둠과 어울려 밤새 놀이를 즐기던 잠도
꿈속 이야기와 함께
눈 녹듯이 사라지고
달리기 선수 모양 시간은 아침을 알리고
뒤도 안 돌아보고
같이 가자 말 한마디 없이
제 갈 길로 달아난다
늦을세라 뒤처질세라
부랴부랴 나도 오늘 내 갈 길을
왜 뛰는지도 모르고 본능적으로 내달린다
목적지가 어딘지도 모르지만
생이 끝나는 그 날까지 달려가야 할 길인 것 같지만
정답은 없다
현재 내게 주어진 숙제를 해결하러 간다
가다 보면 넘다 보면
손에 뭔가 잡히겠지
인연 따라 내가 선택한
오늘에 해야 할 일 중에
제일 중요한 일부터

우선으로 하나씩 해결하다 보면
원하는 그림도 나오고 행복도 나오겠지
노력 뒤에 성공은 그림자처럼 다가오는 것이니까
최선을 다한 하루는 최고가 아니라 해도
행복의 만족감을 준다

2023. 10. 19.

단풍이 물들어 갈 때

하늘에 구름은 높고
찬 기운을 실은 아침이슬이
내려앉은 풀잎이 무겁다
뒷산 까마귀는 단풍놀이
가자고 앞산 까마귀 친구를
부른다고 목소리를 높이고
찬바람에 밀려온 가을이 밑판을 깔면
기러기는 보름달 속으로 날며
앞서거니 뒤서거니 하늘에 그림을 거리고
산비둘기는 출격하는 전투기 모양 거칠게 들녘을 가로지른다
춥지도 덥지도 않은 시간
사람 살기 딱 좋은 계절이다
먼 산에 단풍잎은 사람 구경하러 마을로 내려오고
사람은 단풍 구경하러 산으로 오르네
추수가 끝난 들판에 왜가리 한 마리
하릴없이 논둑을 거닐고
일찍 둥지를 튼 오리 네 가족은
작은 웅덩이에 먹이 찾아 자맥질이 한창인 오후
바람에 머리카락 날리며 서 있는 저 갈대는
누굴 기다리나?

2023. 10. 21.

10월 마지막 주

흐린 아침 해는 농부에 마음을 애태우고
높은 하늘에 비눗방울 풍선 날리듯
흰 구름은 날아다니고
찬바람은 곱게 물든 단풍잎을 애태운다
설렘과 기대에 찬 시월도 마지막 주가 시작되고
첫서리의 호된 신고식에 나뭇잎은 낙엽 되어
산천을 헤매겠구나 시간이 휘두르는 칼날에 베여
내 얼굴에 주름살도 깊어지고
계절도 두부 잘린 듯 베어져 나아가
그 속살이 차오를 때까지
시린 고통이 아픔으로 번져 나오겠지
오늘도 가을걷이로 힘든 촌 노인에
아픈 허리가 얼마나 잦은 신호로
노동에 고통을 전해 살아 있음을 증명하는
하루 일정이 기다리고 있고
겁 없는 검투사 전장에 나서듯
시간의 촉박한 떠밀림에
계절의 한 부분 추수를 메꾸러 간다
찬바람이 겨울 씨를 뿌리기 전에 해야 할 일을
삶에 의무감으로 해야 하니까

2023. 10. 23.

세월의 무게

새벽안개가 놀다 간 자리
가는 시간이 아쉬워
흘린 눈물이 이슬이 되어
삶에 멍이 든 풀잎에
눈물이 되고
하룻밤 무사히 잘 자고 난
장닭은 기세 좋게
꼬리털을 바짝 세우고
살아 있음을 세상에 알린다
꿈결만큼 따사로운 가을 햇살이
마당에 널어놓은 벼알 속으로 스며들어
양기를 북돋우고
지붕 위에 깎아 널어놓은 곶감이
날이 갈수록 달빛을 닮아간다
해마다 반복되는 가을이지만
해마다 느껴지는 가을에 기운은 다르다
나는 늙어 황혼 길을 가고
계절은 익어 단풍이 물들어 꽃길로 가나 보다

2023. 10. 29.

노후 대책

가을 찬 기운이 지난여름에
몸이 뜨거움에 끓어 넘치던 땀을 닦아 버리고
나의 활동 영역을 줄여온다
한없이 쪼그라든 마음과 몸은 계절에 민감하고
늙음은 놀면 심심하고
일하면 고단해서 못 살겠고
나이 무게가 희망의 무게보다
더 무거워지는 시간을 노인이라 하겠지
들판을 지키던 벼도 때가 되어 베이지고
벼 그루터기에 이슬 젖은 개구리 한 마리가
따뜻한 아침 햇살을 쪼이며
깊은 생각에 빠져 있네
만물에는 오고 감이 정해져 있어
영원한 머묾이 없다
이렇게 계절이 훌쩍 떠나고 나면
나도 모르게 세상 중심에서
한 발자국씩 시간의 무게가
인생에 더하는 것만큼 변방으로 밀려가겠지
썩어도 준치라고 우아하고 품격 있는 늙음을 위해
오늘도 야무진 준비를 해 본다

2023. 10. 29.

사는 재미

가을이 지나간 발자국에
단풍이 남고
좋아하는 마음이 머무는 자리에는
사랑이 남는다
계절이 바뀐다고
하늘은 안개꽃을 피워
천사들의 꿈을 알려주고
주고받는 말들 속에
예쁨과 미움 씨앗이 있어
만남도 있고 이별도 있다
소리도 없이 모습도 없이
그저 스치고 지나가는 시간처럼 보여도
오늘의 인연은 내일의
행복과 불행한 모습으로 나타나
만족과 불만족한 인생 연극이 만들어진다
아쉬워 말자 지난 시간을
헛되이 보내지 말자 지금 이 시간
알려고 해도 알 수 없고
모른 체해도 모른 체할 수 없는
내일의 시간은 내일이 와야
알 수 있기에 걱정하지 말자

걱정은 단지 예측일 뿐
예측은 현실에서 걱정할
이유는 없다
하늘이 하는 일은 운명이니
내 힘으로 어쩔 수 없어
받아들이는 수밖에 없다
내가 할 수 있는 일만 생각하면 된다
후회한다고 후회하는 일이
되돌아오지 않는다
후회할 일은 하지 않으면 된다
그저 현재에 최선을 다하는 삶이
내일의 최고의 삶이 되니까
열심히 노력하는 재미로
살아보자

2023. 10. 30.

마음이 외로울 때 시를 읽자

어제는 추억 속으로 안녕이란 이별을 말하고
그림자 모습으로 멀어져 간다
오늘은 현재 이 순간 모습으로 장기판 국수 대결처럼
장군아 외통수를 부르며 나의 다음 수를 기다린다
시월도 마지막 술잔을 앞에 둔 술꾼처럼
마지막 날 하루를 앞에 두고 있다
가을도 내 나이만큼 온 것 같네
마음이 가을을 느낄 때 시를 읽는다
질긴 고기를 오래 씹을 때 구수한 맛이 나오고
사골을 장작불에 긴 시간 고울 때
진짜 진국이 우러나듯 시는 마음이 공허하고
외로움으로 마음이 시려 올 때 읽어야
가슴으로부터 울림이 일어나
울고 싶을 때 실컷 울고 난 가슴처럼
시원한 마음에 청소한 느낌을 준다
계절은 가을이 짙어
겨울과 경계선에 서 있고
마음은 꽉 참과 텅 빈 공허함의
경계선에 서 있을 때
마음을 녹여내는 시를 읽어 보자

2023. 10. 31.

늦가을에 꾸는 꿈

햇살이 강을 건너가는 평화로운 오후
물 위에 오리 두 마리 물살을 가르고 물결은 박수를 치며
손바닥을 뒤집었다 엎었다 응원을 하고
하늘에 흰 구름이 강가에 갈대를 그렸는지
강가에 갈대가 붓이 되어 하늘에 흰 구름을 그렸는지
마주 보고 웃고 서 있고 낚시꾼은 낚싯대를 물속에 드리우고
물고기와 이야기를 나누고 있다
장난꾼 가을바람은 아가씨 치맛자락을
살짝 들었다 놓았다 기분 좋은 장난을 걸어오고
석양은 노을빛으로 세상을 포옹하면 뒷산 큰 그림자 드리우고
올망졸망 작은 나무 그림자도 줄을 선다
또 이렇게 아름다움으로 어둠이 짙어가면
밤하늘에 별빛이 뜨고 홀로 뜬 달빛이 거문고를 켜듯이
달빛을 온 누리에 쏟아낼 때 어릴 적 내 소꿉친구는
꿈속 길 따라 놀러 와 단풍이 예쁘게 물들어 시를 쓰고
사랑을 고백하는 동산으로 손잡고 놀러 가 좋아한다고
내게 귓속말로 속삭여 줄까? 희망과 상상이 하늘만큼
푸르게 커가 행복이 가슴을 울리는 소리에 깜짝 놀라 깨어나는
가을날 오후에 그린 행복한 날 그림 일기장 이야기는
미소로 내 물음에 답하네

2023. 11. 4.

추수하는 가을날

가을 국화꽃 향기에
벌은 개 춤을 추며 날아들고
단풍잎에 물든
가을 해 얼굴이 부끄러움을 타는지 발그레하고
풍년 든 가을 타작 마당에
농주 한 잔 걸친 늙은 농부는
기분 좋은 갈지자걸음을 걷는다
한몫 챙긴 풍년이 든 들판은
다음 세대를 위해
자리를 비켜주고
자기 소임을 다한 단풍잎은
낙엽 되어 거름이 되고
가을 안개는 빗방울이 되어
땅을 촉촉이 적시네
가을날 하루는
서로 이롭게 돕고
사는가 보다

2023. 11. 5.

겨울로 가는 아침 풍경

풍년이 든 들판은 어제의 화려한 과거처럼
한발 물러서고 가을 밤비에 기운 얻은 국화꽃은
세상을 다 유혹할 향기로
이른 아침부터 벌, 나비 떼 지어
배급 타겠다고 줄을 서게 하고
청춘에 싱싱한 꽃송이가 아름다움을 뽐내며
해대는 자랑질에 내 눈길도 줄을 서네
시간이 오고 가는 물물교환에 계절이 바뀌니
들판에 주인도 바뀌고 오는 손님은
기운찬 앞모습으로 다가오고
가는 손님은 움츠린 뒷모습으로 걸어가네
모든 사물에는 때가 있듯이
빈 들판에 양파, 마늘 심는
알록달록한 옷을 입은 일꾼들이
바람에 단풍잎 굴러가듯이
분주히 움직이며 농부에 봄 꿈을 심는다
청량한 늦가을 공기는 이 마음을 설레게 하고
생각 깊은 단풍잎은
더 붉고 노랗게 자꾸만 고집이 세져 가고
월동 준비를 끝낸 참새 새 옷이 참 이쁜 아침이네

2023. 11. 5.

하루 소망

이무기의 미련의 한처럼
무서리는 세상을 안 놓아 줄 듯
천지를 덮고 기세등등한데
부드러운 아침 햇살의 꼬드김에 자리를 털고 일어선다
바람잡이 찬바람은 춥다고 주막집 나그네 손님처럼
찾아들고 나는 욕심쟁이 놀부처럼 찬바람을 밀어내려고
옷을 한 겹 더 두껍게 입는다
어스름한 어둠을 타고
북쪽에서 소문도 없이 온 손님 기러기는
낯설지만 반가운 고향 찾아온 듯 기쁨에 탄성을 지르고
근기 빠진 단풍잎은 늦가을 찬바람 매질에
맥없이 낙엽 되어 하나둘 관심 밖으로 잊혀져 간다
오늘도 햇살은 해 시계를 돌려
방앗간 참기름 기계 참기름 짜듯 시간을 짜내고
나는 인생을 돌려 삶을 짜낸다
오늘 하루도 의미 없는 날보다
의미 있는 날이 좋겠고
이왕지사 허비되고 말 시간이지만
이왕이면 행복과 삶에
재미를 낚아 올리는 하루가 되고 싶다

2023. 11. 11.

일의 행복

어제는 서리 맞은 풀잎처럼 맥없이 져버리고
달빛도 별빛도 맺지 못한 인연
그렇게 의미 없이 스치고
지나간 밤은 기억 속에 없는 흔적을 남긴다
밝은 아침 햇살이 호수에 물이 차오르듯
창을 넘어들어와 내 방까지 꽉 차오르며
오늘이란 메뉴판으로 나의 마음에 생각을
그림으로 물어온다 입동 지난 첫 무서리에 깨진
조마조마했던 초목에 꿈이
한순간에 너부러지고
골목길을 밤새도록 배회한 낙엽은
누더기가 되어 빗자루에 쓸려가고
빗자루는 낡은 기억을 지우고
새판을 짜 간다
시간이 준 용기와 응원으로
일터로 나서 닭이 알을 품듯
오직 한 생각으로 해야 할 일을 하면
시간과 나의 혼신의 힘이 짜내는 일은
보람찬 행복의 무늬가
내 삶에 새겨지네

2023. 11. 12.

우리 아버지

아버지 허리띠만큼 짧은 동짓달 햇살은
서산마루에 올라서자 마자
숨넘어갈 듯 급한 목소리로 노을을 부르면
노을은 외출 갔다가 돌아오는 주인
마중 가는 강아지 달려가듯이
서쪽 하늘에서 동쪽 하늘로
순식간에 내달린다
산그늘 나무 그림자에 몸 붙이고 서 있던 어둠은
물 만난 물고기처럼
잽싸게 익숙한 산길을 따라 내려오고
동쪽에 큰 별 하나 부포로 띄워놓으면
까칠한 색시 모양 새침한 초생달은
고깃배 그물 걷어 올리러 가듯
기분 좋은 항해를 하고
찬바람은 옛정을 못 잊은 각설이 모양
뭐 먹을 것 없나 하고
이집 저집 대문간을 숨바꼭질하듯 들락거리고
어둠은 군밤이 익어가듯
장 단지 장이 익어가듯
고소한 향기를 품어대면
나는 그 향기에 취해 꿀잠 속으로

허우적 떠내려가고
낮잠 한숨 유혹에 넘어가
잠 안 오는 우리 아버지
신선이 바둑돌 치듯
이 생각 저 생각들이 머릿속 바둑판에
한 수 두 수 놓았다가 물렸다가
이 궁리 저 궁리로
밤 깊어가는 줄 모르는가 봐

2023. 11. 14.

겨울 아침 커피 한 잔

찬 기운이 밤새도록 얼마나 뛰고 놀았으면
앞집 지붕이 초를 칠한 듯
아침 햇살에 윤기가 반들거리고
잠을 덜 깼는지 아직도 이리 뒤척 저리 뒤척이며
물러날 기미가 보이지 않구나
아침 햇살은 일어나 가라고
엄마가 학생 학교 갈 시간
다 되었다고 깨우는 목소리같이
힘차게 쏟아지고 간밤 뭇 서리에
골병든 힘없는 국화 꽃송이는
이제야 배시시 고개를 든다
겨울날 아침 추위 때문에
몸이 위축되어 활동하기 싫어
방 안에서 인터넷 검색만
발바닥에 땀이 나도록 돌아다닌다
시간이 좀을 쑤시면
햇살이 잘 드는 창가에
커피 한 잔 태워 놓으면
구수한 향기는 김을 타고
방 안 여행길을 돌아다니고
그 향기에 이끌려 후루룩 커피 한 모금 입안에 머금으면

그 따뜻한 온기가 입속에 가득 차
목을 넘기면 그 온기가 기차 지나가듯
목을 지나가는 소리 길게 들리고
뱃속에서 서서히 차오르는
따뜻한 기운이 팔다리 머리까지 전한다
그 온기에 힘을 얻어 오늘도 일상에 하루 잔치를
즐기려 일터로 간다

2023. 11. 14.

첫 눈

자고 일어났더니 간밤에 혁명이 일어나듯 세상이 바뀌었다
첫눈이 이렇게 쉽게 와버렸다
앞집 지붕도 옆집 지붕도 감투를 쓰고
뽐내는 자랑질에 아침 햇살이 그 윤기에 미끄러지고 자빠진다
반질반질 얼어붙은 도로에 노란 은행잎은 무늬를 놓고
추워서 그런지 전깃줄에 새 한 마리도 없다
추수 끝난 황량한 들논에 흰 눈이 오니
어느새 스키장이 되고 삼삼오오 모인 기러기는
스키를 탈는지 오순도순 모여 준비운동이 한창이고
우리 부모님 산소 가에 심어 둔 노란 국화꽃은
올해도 만개화 꿈을 못 이루고
그 아쉬움에 숙인 고개 들지를 못하고
꽃잎에 예쁜 색깔은 마지막 패를 펼치듯
땅에 꽃잎을 널어놓고 그 영혼은 햇살을 타고
한 해의 긴 계절 여행을 끝내고 돌아서 간다
이른 첫눈이 내린 아침은 이래저래 놀라움과 아쉬움이고
꿈 많은 첫눈에 매력은
나풀나풀 내리는 그 부드러운 고백인데
그 느낌 못 느끼고 결과만 보니
경험 없이 살고 난 아쉬운 인생살이 삶 같다

2023. 11. 18.

참 좋더라

강 안개는 소문처럼 모락모락 피어올라

아침 햇살을 타고

퇴색되어 가는 단풍잎을 덧칠하고

지붕 위에 찬 서릿발은

잘 갈아 놓은 칼날처럼 날카롭다

추우나 더우나 비가 오나 눈이 오나

시곗바늘처럼 오늘도 아침은 밝아 오고

모두 다 기계 부속품처럼

어제같이 바쁘게 제 위치를 찾아 출근한다

물질의 구속인지 무리에 속해 있다는

정신적 안정감인지도 모르겠지만

그 속에도 작고 큰 행복이 녹아있다

전깃줄 비둘기도 함께할 친구가 있는지

기다리고 있는 중이고

늦은 아침을 먹고 난 옆집 할배 오늘은 갈 곳이 없는지

담배 한 대를 물고 햇살 잘 드는 양지쪽 담장 밑에서

일상의 지루한 독백인지 외로움에 마음 표현인지

담배 연기는 허공에 알 수 없는 그림을 그리고

가늘게 사그라든다 무엇을 하든지 하루에 행복

그게 나는 참 좋더라

2023. 11. 22.

김장하는 날

소설이 지난 겨울날 아침
아직도 간택되지 못한
김장 채소밭 배추는
찬 서리에 몸이 굳어 얼음이 되어
이제나저제나 때늦은 주인님 기다리다
얼어붙어 망부석이 되어 있고
아침 햇살이 마른 논에 물들어 가듯
살포시 번져 가면
소금물에 절여 놓은 배추처럼
허물어졌던 배추가
언제 그랬냐는 듯이
생기로 살아난다
더 늦기 전에 뽑아
겨울 밑반찬 김치를 담아
아들, 딸 싸서 보내면
손주, 손녀 그 이쁜 입에도
연지곤지 찍어 바르듯이
입술에 고춧가루가 묻고
한 입 먹고 난 입이 매워
메기 물 마시듯 연신 물을 마시고
그 오묘한 맛에 이끌려 또 먹고

할배, 할매 노고에 감사하겠지
옛날에는 이웃 아낙네들이
품앗이로 돌아가며 김장을 해
몇 날 며칠이고 온 동네가 잔치판이었고
갓 버무린 김치랑 돼지고기 안주에
탁주 한잔이면 노랫가락이 술술 나오고
정승 판서도 안 부러웠는데
이제는 추억 속으로 실려 간
옛이야기 한 대목이고
오늘은 김장하는 날
할배, 할매 둘이서 자식들 먹일 욕심에
잘 절인 배추에 양념을 바르면
인생 골 깊은 할배, 할매의
얼굴 긴 주름살 속으로
삶에 정이 배어 들어간다

2023. 11. 25.

술 한 잔

시곗바늘은 토닥토닥 내 등을 두드리고
한 잔 두 잔 술은 빈 내 속을 채우는구나
취기는 내 머릿속에 온갖 그림을 그리고
빈 소주 병은 하나둘 그 숫자를 늘려간다
고소한 고기 향에 꼴딱 침이 넘어가고
침 넘어가는 소리에 이웃집 개가 짖는다
너와 내가 주고받는 대화는
어둠 속으로 인절미 떡 고물 묻듯 묻혀 들어가고
숯불이 활활 타오르면 고기가 익어가고
술병이 비어가면 술잔 속에 이야기가 익어간다
인생 뭐 별것 있나 술 한 잔이 들었다 놓았다
떡 주무르듯 하는데 가는 인연 안 잡고 오는 인연 안 말리고
오는 대로 주는 대로 그냥 받아들이면 되는 걸
에헤라 데헤라
이래도 한세상
저래도 한세상
도면 어떻고 모면 어떻냐
문제는 욕심의 장난이 진짜인 줄 알고
허둥지둥 허수아비 춤을 덩실덩실 추는
못난 내 인생이 우습지

2023. 11. 28.

가는 세월이 야속해

꽃은 피어나 향기를 남기고
느티나무는 죽어 살아온 세월만큼
이쁜 무늬를 남기는데
인생길 환갑, 진갑 다 지나고 보니
김장김치 맛 들어가듯
삶에 인생의 이력이 새겨들어가는구나
세월이 다리를 놓아 어제는 오늘을 손잡아 주고
오늘은 내일을 어깨동무하고
알지도 못하는 곳으로 데리고 간다
차 한 잔을 두고 웃음 섞인 실없는 농담에도
타작마당 북데기 속에 알곡 있듯이
삶에 맛이 배어 있고
가는 세월에 떠밀린 육신에 힘은 없지만
머릿속 생각은 보름달만큼 밝다
세상살이 경험으로 얻은 지혜
이마저 희미해져 가면
무엇으로 세월을 버티나
올 한 해도 마지막 한 달을 남겨두고
빠른 세월의 한 수에 묘수 한 방 궁리에
오늘 밤도 깊은 생각에 빠져 보네

2023. 11. 29.

달력

일 년 내도록 한곳에 서서
일편단심 나만 바라보고
내 눈길만 기다리던 달력도
이젠 마지막 한 장을 남겨두고
낚싯줄에 매달려 오는 붕어눈
물 바라보듯 나와 마주 보고 서 있네
올 한 해 뭐 했더라
되짚어 보면 특별한 기억이 없고
겨울 햇살은 불판에 고기 굽듯
강 물결을 엎었다 뒤집었다 열심히 데우고
시샘 많은 찬 겨울바람은 빗자루로 마당 쓸 듯
땅을 싹싹 쓸어가고
자갈 남기듯 찬 기운만 남겨놓았네
또 이렇게 한 해는
바람이 나그네 모자 벗겨 가듯
고물장수 엿가락 주고 가듯
온다 간다 인사 한마디도 없이
선물이라고 덜렁 나이 하나 던져주고
청춘에 너른 들판을 흥정도 없이
뭉텅 떼어가는구나

2023. 11. 30.

겨울바람

시리도록 푸른 하늘에

흰 구름은 무슨 꿍꿍이속을 싣고

산을 넘어 어디론가 누굴 만나러 가는지

가는 곳을 물어도 대답은 없고

겨울 찬바람이 나뭇가지를 흔들면

나뭇가지는 피리를 불어 흥을 돋우고

요란한 행차 길에 허공으로 날아오른 낙엽은

남사당 패거리 공중제비 넘듯 빠르게 춤을 추며 간다

겨울날 오후 햇살은 방바닥 울러 메고

천장 갈비나 헤아리는 나보고 같이 놀자고 불러대도

요란하게 창문 흔들어 대는 겨울바람

무서워서 못 나간다

찬 서리에 얼어붙은 국화꽃은

청춘에 못 이룬 꿈이 억울해

꽃잎도 못 떨구고 멍하니 서 있고

밀고 당기며 실랑이를 벌이던 가을은

낙엽 속으로 숨어들고

찬바람은 도망간 가을을 찾아

화풀이로 낙엽을 축구공 차듯이

이리저리 몰고 다니는구나

2023. 12. 2.

또 한 해를 보내며

밀물과 썰물이 자리를 바꾸듯
어젯밤과 오늘 낮이 자리를 바꾸고
어제 없던 생각이 솟아
나 이렇게 오늘 행동으로 바뀐다
인생사 흐르는 물처럼 끊김이 없어 보여도
순간순간 굽이굽이마다
크고 작은 매듭이 있다
순간순간 그 매듭 잘 풀리면 순탄하게
흘러가지만 매듭 잘못 꼬이면 올무가 되어
가던 길 못 갈 수도 있다
마음과 같이 빨리 못 가고
한 걸음 천천히 가도 매듭 안 지우고
자연스럽게 흘러감이 좋다
인생길 환갑 고개 지나
칠순 고개 눈앞에 있으니
그 고개 까마득해 보이고
그 고개 안 넘어갈 듯싶어도
언제 저 먼 고개 넘을까 싶어도
어느 순간 화살처럼 내 앞을 지나가리라
살아오면서 욕심에 많은 짐 챙기고 살았는데
태어날 때처럼 손 가볍게 하나씩

농부가 씨앗을 심듯
의미 있는 곳에 떨구고
황혼 길에는 작은 인연으로 가야 수월하겠지
지금부터 버리는 연습
하나둘 실천해
바쁜 걸음 재촉하는
서산에 걸린 해 그림자를 생각하자

2023. 12. 4.

이웃 사랑

떠나가는 배 뒤 물결에 흔적 없고
삶이 지나간 자리는
사막 위에 새겨진 발자국이더라
지나간 표시는 있어도
누구의 것인지 알 수 없고
꽃은 꽃이 피어 있을 때 청춘이고
햇살은 황혼의 저녁노을이 아름답다
나뭇잎의 수고로움은 단풍잎 색깔로
그 고마움에 마음 표현하고
사람 인생살이는
추수해 북데기는 바람에 날려 보내고
물로 씻어 조리에 걸려보니 사랑만 남더라
후회 없는 삶을 위해
최선을 다하는 노력은
최고가 되지 않아도
마음에 보석 자부심으로 남고
올해도 큰 길 회전 로터리에
인간의 욕심만큼 큰 성탄 트리 우뚝 솟아오르고
사람들의 바람만큼 많은 형형색색의
꼬마전구가 눈빛을 반짝인다
바람에 날리듯 살랑살랑 내리는 흰 눈가루는

하늘에 축복이고 쌀장사가 됫박에 쌀을
고봉으로 철철 넘치게 담아주는 인정같이
수북이 쌓아주는 것은 땅의 축복인가
이렇게 좋은 날 좋은 분위기에
무엇이 밀알이 되겠는가
이웃사랑은 우리에게 작은 축복에 희망을 건네준다

2023. 12. 6.

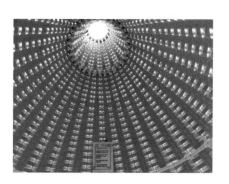

사랑이 묻어오는 소리

강 버들가지가 낚싯대를
들었다 놓았다 손맛을 즐기는
햇살이 따뜻한 겨울날 오후
하늘에 꽃구름은 산타에 선물을 싣고
남쪽을 향하고
가을살이 통통히 오른 물오리는
짝지어 신이 나 헤엄치는 낙동강
잔물결은 실바람에 시간도 안 지겨운지
파도를 타며 동서남북을 노닐고
그 물결이 만들어 내는 그 어떤 느낌이
양파 껍질 벗기듯 두툼한 내 마음 껍질을
한 꺼풀 두 꺼풀 벗겨내면
마음속까지 달달한 향기가 전해지고
너 생각에 가슴으로부터 번져오는
그 느낌이 개구리 노랫소리 같은
흥이 일어나고
날개를 단 듯이 가벼운 느낌은
저녁노을 같은 황홀감에 젖어들게 하고
그리움과 보고픔이 강 안개 일어나듯
뭉게뭉게 일어나면
무작정 난 너를 향해

몸과 마음이 세상을 덮어가는 것이
사랑이 아닐는지 모르겠네
사랑은 이렇게 하늘과 땅을 가득히
꽉 채우고 오는 느낌인가
이 세상에 존재는 오직 너 밖에 안 보이더라
이게 사랑이 묻어오는 소리라는 걸 난 알았네

2023. 12. 7.

오늘은 느린 삶

오늘도 아침 해는 황금빛 햇살을

부챗살 펴듯 펼치고

나는 작은 한 마리 개미가 되어

삶이란 언덕을 열심히 기어오르며

나의 발자국은 내 인생에

그림을 하나하나 그려간다

생각 속에서 기억 속으로 남겨질 시간에

새겨질 오늘은 무슨 그림이 될까

그리는 나도 알 수 없지만

자동차를 타고 달리는 신나는 빠른 걸음보다

자전거 타고 풍경을 구경하며

지나가는 느린 그림을 그리고 싶다

오늘 하루도 행복에 의미를 느끼는

그런 하루가 되고 싶어라

햇살이 녹아 씨앗에 생명을 불어 넣듯

내 마음에도 희망에 꿈이 부풀어 올라

기쁨에 풍선이 둥실둥실 떠오르는

하루가 되었으면 좋겠네

2023. 12. 7.

사랑이 찾아오면

생각에 생각을 거듭해 봐도 입으로 외쳐보고
머리로 되뇌어 곱씹어 봐도 아니라는데
거부할 수 없는 그 이끌림에
저항을 못하고 항복한다
꿀을 탐하다 꿀독에 빠져 죽는 줄도 모르고
죽은 꿀벌의 미련한 욕심처럼
어리석음을 자초한다
항복은 자유를 잃는 노예 계약인데
내 스스로 사랑에 조종당해
매혹에 푹 빠져버린 내 사랑아
너의 의미는 내게 무엇이며
나는 너에게 그 무슨 존재인가
사랑에 마술은 오감을 정지시키고
오직 그대의 그림자가 되어
그대의 모습 그대로 너울 춤을 추는
행복한 인형이 되고
오늘도 한 마리 나비가 되어
너의 품 속 깊이깊이
행복감으로 충만해
날아 들어간다

2023. 12. 8.

비 오는 날 술 한잔

짙은 하늘 어느 구석에도
하늘 속마음 알 수 없다
까닭 없이 늦가을의 비는 선비 글 읽듯
거침없이 줄줄 내리고
선녀에 입술같이 고운 색깔에 단풍잎은
영문도 모른 채 빗방울에 맞아
젖은 낙엽으로 수북이 쌓이고
하루 종일 집안에 갇혀 있으니
마음은 화닥정이 나고 몸은 좀이 쑤셔 들썩인다
이 생각 저 생각 끝에 찾아드는 술 생각에
부추 전 한 접시를 사이에 두고
너를 마주 보고 앉아 인생에 귀인을 만난 듯
오랜 친구를 만난 듯이
반갑게 옥수같이 맑은 네 모습을 술잔에 담아
내 마음을 비추어 본다
옥수같이 맑은 술이
한 잔 두 잔 들어가면
나는 거울 앞에 선 내 마음에 얼굴을 본다
마음에 얼룩이 너무 많아
그 얼룩 지우려 한 잔을 홀짝 마셔보면
불기둥이 연통을 박차고 나가듯이

화끈하고 찌릿한 느낌이
오장 육부를 들었다 놓았다를 하고
그 뜨거운 열기는 잡념을 활활 태워간다
새로운 용기로 얼굴은 달아오르고
가마솥 고구마 익어가듯
응어리진 잡생각에 마음은
차츰차츰 녹아가는구나

2023. 12. 11.

이상 기후

삐진 여인에 속마음처럼
복잡한 셈으로 수판을 튕구던 구름도
대충 계산이 끝났는지
어제는 비가 왔다
눈이 와야 할 겨울날에
여름 비처럼
하루 종일 쏟아진 어제는
여자의 변덕만큼 생각지도 못한
놀라움에 이상기후였네
세상사 모든 미련을 씻어낼 듯
미친 듯이 쏟아지고
천둥 번개가 심판하듯
하늘과 땅을 가로지르고

그릇에 물 퍼 담듯 세찬 빗줄기는
금세 들논에 물꼬가 넘치도록 담아 놓고
하루 날 새고도 미련이 남았는지
구름은 아직도 하늘을 가리고
지나가는 태양을 붙들고
엉터리 시비를 걸어 볼까 말까 망설이고
구름 속에 해는
가마솥 불쏘시개 불 붙이 듯
햇살을 흩뿌리면 불붙은 햇살은
구름을 구워 낚싯대에 매달고
산천 유람 떠나자고 권해 오고
부평초 같이 중심 없이 살아 온 사람
오늘은 일을 할까? 놀아 볼까?
날씨에 눈치만 보는 구나

2023. 12. 12.

동짓달 긴 밤

바람이 대나무 숲에서 울고 가던 밤
하늘에 별은
입술이 새파랗게 질리고
달빛은 그냥 땅에 얼어 얼음이 되었다네
동짓달 긴긴밤을 보초 서던 추위는
몸 좀 녹이자고 내 이불 속으로 파고들면
야속한 나는 자리 양보하기 싫어
더욱더 온기를 감싸고
잠 안 오는 긴 밤에 님 생각은
내 가슴을 후벼 파고든다
님 생각이 심어 준 외로움의 씨앗에
벌써 마음에 콩밭을
얼마나 많이
갈아엎었다 심었다를 반복했는지
머리가 술 취한 것처럼 저려 온다
밤이 깊어 갈수록 낮의 삶에 흔적은
희미해져 가고
형광등 불빛마저 졸고 있는 이 밤에
책을 펴 놓고 책을 읽는다고 하지만
읽는 눈 따로 마음 생각 따로
인생을 살아오면서

기억에 남는 추억을 들추어 보면
간절했던 순간 기쁨이 넘쳐
몸과 마음이 훨훨 날았던 순간들
모두 다 그 순간은
참이었고 현실이었는데
지금은 추억 속에 이야기고
지금 이 순간도
현실과 과거를 한 발씩 걸치고 있다
살아온 이야기가 진짜인지
지금 이 순간이 진짜인지
사람 삶 생각할수록 꼬이는 답이
애매모호한 신들의 비밀 이야기인지
인생에 시간은
인간이 쉽게 이해 못 하는
아득한 철학인가 보다

2023. 12. 17.

추운 날 일하기 싫어

날씨가 춥다
아침 해가 동네 한 바퀴 다 돌아서
또다시 문 앞에 찾아와
밖에서 이름을 부르며
일 가자고 목청을 높여
태양이 체면 불구하고
삼 이웃집이 다 알도록
아무리 불러도
없는 채 모르는 채
굴속에 숨은
토끼 모양 대꾸도 안 한다
기다리다 인내의 한계에 도달했는지
햇살은 창문을 활짝 열고
끌어낼 기세로 들어선다
거부할 수 없는 이끌림에 억지로 나와
가자고 하는 곳으로 나서면
볼을 스치고
몸속으로 파고드는
찬바람에 호된 매질이 따갑다
햇살이 아무리 어르고 달래도
동짓달 북풍에 손발은 시리기만 하고

겁먹은 짐승처럼

몸이 떨려 난로 위에

올려놓은 오징어 모양

오그라들기만 한데

비둘기 몸은 나무 위에 있어도

마음은 콩밭에 있다고

자꾸 따뜻한 곳이 그리워진다

콩물이 간수를 만난 듯

수증기가 구름을 뭉쳐가듯

하루 쉬고 싶은 생각이

얼음처럼 투명해져 갈 때

내 마음에 특권

나만의 휴식을 선언하고

내 마음 가는 대로

목줄 없는 염소 모양 방목을 한다

2023. 12. 18.

눈이 내린 아침 풍경

겨울날 아침 해는
온종일 힘 한번 써 보지 못하고
유야무야 서산을 넘어가고
동작 빠른 어둠은
벌써 초벌 물감을 칠해
풍경이 어스름하다
하늘에 별빛도 달빛도 정전인지
암흑천지 깜깜무소식이고
어둠과 구름은
내기 장기 한판을 벌이고
어둠이 땅을 한 자락 덮으며
장군아 하고 외통수를 부르면
구름은 하얀 눈 한 벌 입혀
멍군아 하고 응수한다
고지를 빼앗고 빼앗기고를
밤이 닳아 없어지도록 전쟁을 치르더니
찬바람에 응원으로 어둠은 쓸려가고
하얀 흰 눈이 세상을 덮고
노다지 금싸라기 햇살을 마구 퍼 담고 있다
누가 이른 새벽에 무엇 때문에
그 무엇을 찾아

달랑 발자국 하나 남겨 놓고 떠났을까?
나도 그 발자국 따라가면
내 님 마음에 도달할 수 있을까?
이쁜 생각에 설렘은
마음을 부풀게 하고
기분 좋은
눈이 내린 아침 풍경이네

2023. 12. 19.

순산 골 옹달샘

이쁜 추억이 있는 순산 골 옹달샘
돌 틈을 들고 솟아나는지
재주가 많아
바위 사이를 헤집고 빠져나오는지
늘 옥수같이 수정
속살같이 맑은 샘물이
참새가 노래하듯 재잘거리고
팥죽이 보글보글 익어가듯
경쾌한 화음으로 솟아
음률이 흐르는 샘
득도한 도인에 마음같이
여름에는 시원하게 겨울에는 따뜻하게
눈치 빠르게 사람
비위도 잘 맞추어 주는 샘
정월 보름이나 이월 보름이면
할머니 어머니 이웃 아주머니가
식구들 한 해 동안 무사 무탈하고
장수와 오복을 기원하던 곳
가물 때나 비 올 때나
변하지 않는 언약처럼
언제나 한결같은 순산 골 샘물은

지금 할배가 된
내 눈앞에서도 흐르고 있다
흐르는 물소리에 가만히 귀 기울여
눈 감으면
시간 여행을 떠나고
더운 여름날 점심 먹겠다고
한 아이는 주전자를 들고
일하고 오시는 아버지
피로 회복제 막걸리 사러 길 나서고
다른 형제는 오이냉국 해 먹겠다고
엄마 심부름으로
순산 골 샘물 뜨러 가던 생각이
어제 일처럼 선명하게 머릿속으로 흘러들고
내 아들 내 손자들도
가족들에 공통분모를 많이 가지고
살았으면 좋겠네 하고 마음속으로
할머니 어머니가 축원하던 것처럼
나도 기도 한번 해 보네

2023. 12. 19.

웃어야 행복하다

대문간 기둥 따라
산타 할배 콧수염 같은
고드름이 길게 매달려
아침 햇살에 보석처럼 반짝이며
자기가 수정이라고 우기고 있다
궁금증 많은 참새 몇 마리 모여들어
진짜인지 가짜인지
감별 논란이 왈가왈부다
마른 눈가루는 낙엽인 양
시를 읊조리며 거리를 휩쓸고
바람에 붓은 화가인 척
알 수 없는 추상화를 지웠다 그렸다
작가의 내면에 세상을 표현하고
출근길 늦은 아가씨
아침에 감은 머릿결도 덜 말린 채
시간에 쫓겨
후다닥 바쁜 발자국 소리에
덩달아 내 심장도 빨리 뛴다
오늘도 추운지
집 나서는 자동차는
하얀 입김을 내뿜으며

나를 보고 옷 따뜻하게 입으라고
인사를 건네며
내일은 더 춥다고 알려 주네
겨울이 얼음 얼듯
그 두께를 더해 가면
내 몸에 걸치는 옷 무게도 더해 가고
나이를 먹어감에 무얼 더 바라겠노
건강 하나만 울러 메고 가기에도
숨 가픈 세상인데
무거운 물욕은 떼어놓고
가벼운 인생길 유람 가세
덤으로 노잣돈 챙기듯
오늘도 조그마한 행복
한 꾸러미만 들고 가세나
내가 웃어야 남도 웃는 것
오늘은 이것을 봐도 웃고
저것을 봐도 웃어보세
행복은 비싸고 힘든 것도 아니라네

2023. 12. 19.

눈 오는 날 바램

동지섣달 긴긴 겨울밤은
어둠에 시간이 길어
하룻밤 지새우기가 지루하다
솔잎 끝으로 부는 북풍에 매서움은
눈물이 찔끔 날 만큼 호되다
나뭇잎 없고
새싹도 피어나는 꽃도 없는 겨울날
하늘 아득히 먼 곳에서 흰 눈이
꽃잎이 휘날리듯
나비가 꽃을 찾아
님을 찾아 날아가는 듯
천천히 천천히
나풀나풀거리며
빈 공간을 헤엄쳐
머물고 싶은 곳에
살포시 내려앉는다
빨간 자동차 위에도
아이들 가방 위에도
아가씨 우산 위에도 내린다
한 층 두 층 시간 위에
쌓아가는 눈이 그린 예술은

모두에게 기쁨을 주는 풍경화다
눈이 쌓일수록
색이 더 선명하고 두터워져
세상 물건 구분 없이
모두 다 하나의 빛깔로 통일되었네
아무것도 표시 나지 않는
백지와도 같은 깨끗한 세상
인간들 마음에도 내려
너도 없고 나도 없는 세상
그리고 우리 모두가 하나 되어
상부상조하며 사는
하얀 눈 같은 인간 세상이
되었으면 좋겠네

2023. 12. 20.

사색의 연말

동토의 계절 수많은 삶이 생과 사를 가르는 계절
찬 기운이 구름 모이듯 자꾸 밀려들면
그 기세에 눌려 방안에 머물고 몽당연필 닳듯
올 한 해도 어느덧 다 쓰고 내 손가락 수만큼 날수가 남아
내 눈치만 보고 삶에 인연은 새끼줄 꼬듯
어제, 오늘, 내일을 이어
인생은 삶이 걸어가는 길을 만든다
올해도 그랬던 것처럼 내년에도 삶은 튼튼한 다리가 되어
생을 이어줄 것이라고 믿어 의심치 않는다
나이가 먹어감에 소중한 하루
하루가 더 귀하게 되고 중요한 시간이 되어
허투루 보낼 수 없다
추수해 곳간에 알곡 담아두듯
내 몫으로 주어진 인생 땔감
시간은 금이 닳아 가듯 아깝게 사그라들고 있다
오늘은 그 무엇을 탐하고 그 무엇을 버릴까
얼음 위에서 외발로 서서
아침 햇살과 말없이 대화를 즐기는
눈 감고 서 있는 기러기들의
여유를 바라본다

2023. 12. 21.

성탄절

득도한 수도승의 깨침에 순간같이
화려한 찰나에 불꽃같이
한순간 세상을 덮었던 단풍잎도
시간의 흐름에 밀려
언제 그랬냐는 듯이 사그라들고
추수 끝난 빈 논에
농부 대신 철새 기러기로 주인이 바뀌고
설쳐대는 한파에 구름마저 숨어버린다
하늘에는 티끌 하나 없는
푸른 바다같이 청명한 밤
오징어 배 등불을 켜고 고기잡이하는 듯
온 하늘에 가득 찬 별들이
달빛에 출렁인다
교회 십자기에 매달린
성탄을 축하하는 반짝이 별빛은
오늘 밤도 제 홀로 열심히 찬송 중이고
지나가는 사람들 마음에
천사 같은 이쁨에 씨앗을 나누어 주어
기쁨을 주고 추운 밤 이웃 간에 거리를 좁혀
따뜻하게 안아 준다

2023. 12. 23.

축 제

낯선 길의 여행이다
생일이란 명분으로 성탄절이란 이유로
쇼핑도 하고 외식도 하고
굶주린 욕심 보따리를 채웠다
불꽃놀이보다 더 화려한 도시의 야경은
정신을 쏙 빼놓고
형형색색의 불빛과 장단 소리는
마술에 주문처럼 들리고
우리는 좀비가 되어
축제의 장으로 초대되어 간다
추위는 소리 없는 숨결같이
땅 위에 내려 헐떡이고
축제의 반짝이는 불빛은
젊은이의 눈길처럼 유혹한다
팥죽이 끓어 보글거리는 소리같이
공원을 가득 메우고
흘러넘치는 즐거움에 가득 찬 음악 소리는
자석처럼 지나가는
행인들을 하나둘 물어온다
현란한 레이저 불빛의 춤 솜씨에
손자 아이 엉덩이가 씰룩거리고

혈기 왕성한 청춘에 인생들을
춤판으로 몰아세워 ㅍ무아지경으로 잡아끈다
청춘이 어우러지고 마음이 하나로 뭉친 광장에
젊음에 열기와 부드러운 불빛이 엮어내는 이야기는
이마에 땀으로 송골송골 솟아나
크리스마스 밤하늘 추위를 녹여간다
젊음이 좋다 열정이 좋다
좋아하는 그 무엇에 몸과 마음을 집중해
혼신에 힘으로 즐기는 땀방울이
삶을 행복하게 하고
축제의 흥겨움은 하루의 즐거움이 되고
행복한 이 순간은 사진이 되어
내 인생 기록관에 찍혀
행복한 아내 얼굴 웃는 딸, 사위 얼굴
신이 난 손자들의 얼굴이 보관되고
마음에 감동은 느낌에 크기는 달라도
인생에 의미를 가지는
좋았던 한때의 추억으로 남아
삶을 살아가는 데
큰 힘이 되리라

2023. 12. 24.

너 생각

간밤에 찬 기운은 못다 푼 한으로
서리꽃을 피우고
황금빛 아침 햇살에 그 꿈은 녹고 만다
따뜻한 차 한 잔을 홀홀 불어 마시면
뱃속은 아궁이 불 땐 구들장같이
따뜻한 온기가 돌고
편안한 기분에 행복한 마음이
평화를 이룬다
촉촉한 대지에 새싹이 돋듯
편안한 마음속에서 생각나는
얼굴 하나 불러올리면
봄날 잔디밭에 붙은 불같이
보이지도 않으면서
속마음 끝까지 홀랑 다 타들어 간다
홀라당 다 탄 마음에 밭은
보고픈 생각이 긴 꼬리를 물고 일어선다
술 한잔이 들어가니
내 진심을 요구하고 거부할 수 없는
유혹에 말로 너를 유혹하고
너의 이끌림에 내 마음을 맡겨본다

2023. 12. 29.

겨울 햇살

점심을 먹은 겨울 햇살이
가만히 나오라고 부른다
신발을 신고 마당에 나서니
겨울 햇살이라고 부르기에
너무 따사롭다
생각 속으로 촉촉이 번져오는
봄날의 상상은 너무 이른 것일까?
뒷산 멧비둘기가 친구를 부른다
점심시간 늦어간다고
오후 햇살에 얼어 죽은
국화꽃 그림자가 영혼처럼 벽에 벽화를 그리고
뭔가 아쉬움에 부족한 듯
먼 하늘을 바라본다

2023. 12. 30.

송구영신

오늘은 올 한 해가
끝나는 마지막 날이다
그래서 오늘은
어떻게 변해가나 하고
두 눈 부릅뜨고 지켜보니
어제와 똑같은 날이더라
스치고 지나가는 바람살에
표시도 없이 묻어
올해 마지막 날은
연기 흩어지듯 사라져 가버리고
새해 첫날은 흰 눈깨비에 묻어와
시간 속에 쌓이고
아침 햇살은 서리 위에 쌓인다
또 이렇게 하루를 시작하면
금방 이틀 시간이 되고
세월에 고리를 엮어 어망 쌓아 놓듯
층층이 쌓아 올리면
저울추 무게 재듯
나이는 어느새 눈금 하나를 넘어선다
나이 숫자가 올라가니
그 무게가 무거워

기운이 빠져 힘이 든다
나이 무게 줄여 볼까 싶어
묘수에 꼼수를 다 부려봐도
시간은 일수불퇴라 번복은 없고
이러다 저러다 허둥거리다
어머니 아버지
계시는 곳까지 떠밀려 가겠다
부모님 보면 좋겠다 싶지만
눈앞에 내 자식 손자 정이 더 끌린다
올 한 해도 건강 잘 챙겨
마음에 조금 남은
그 미련에 욕심 해결해야겠네

2023. 12. 31.